# Dominanter Führungskraft Frau

*Erotic Domination Collection*

Erika Sanders

AF583060

Titel

Dominanter Führungskraft Frau

Von

Erika Sanders

Serie

Erotic Domination Collection

Erika Sanders, 2020 @

Titelbild: @ Olexandr Taranukhin, 2020

Erstausgabe: November 2020

Alle Rechte vorbehalten. Eine vollständige oder teilweise Vervielfältigung des .Werkes ist ohne ausdrückliche Genehmigung des Copyright-Inhabers untersagt

:Webseiten des Autors

https://twitter.com/ErikaSanders98

/https://www.instagram.com/erikasamanthasanders

# Zusammenfassung

Richard Carrington sind Eigentümer eines Unternehmens mit schwerwiegenden finanziellen Problemen.

Möglicherweise können Sie die Monatsendvergütung Ihrer Mitarbeiter aufgrund dessen nicht bezahlen.

Die einzige Lösung, um das Unternehmen zu retten, ist eine schöne Führungskraft, die einen Pakt vorschlägt: Geld als Gegenleistung für einen Gefallen

Wie viel wird Richard bereit sein, dafür zu zahlen, dass er sein Unternehmen am Leben erhalten kann?

**Dominanter Führungskraft Frau** ist ein Roman mit stark erotischem BDSM-Gehalt und wiederum ein neuer Roman aus der Erotic Domination-Sammlung, einer Reihe von Romanen mit hohem romantischen und erotischen BDSM-Gehalt.

# Anmerkung zum Autor:

Erika Sanders ist eine international bekannte Schriftstellerin, die ihre erotischsten Schriften, abgesehen von ihrer üblichen Prosa, mit ihrem Mädchennamen signiert.

Webseiten des Autors:
https://twitter.com/ErikaSanders98
https://www.instagram.com/erikasamanthasanders/
Kontakt E-mail:
erikasanders98@gmail.com

# DOMINANTER FÜHRUNGSKRAFT FRAU VON ERIKA SANDERS

# KAPITEL 1

Es gibt Zeiten in Ihrem Leben, in denen Sie sich am Rande befinden.

Ihr Magen fühlt sich an, als würde er von einer Herde Elefanten zerquetscht, und Sie sind sich nicht sicher, ob das morgendliche Aufwachen das Beste für Sie ist.

Ich bin derzeit in diesem Umstand.

Es ist, als wäre ich am Rande einer Klippe.

Ich schaue ängstlich auf die gezackten Felsen unten und bete für einen Lebensretter.

Es tut noch mehr weh zu wissen, dass ich wahrscheinlich viele gute Leute vor mir habe.

Menschen, die keine Ahnung haben, dass sie am Rand derselben Klippe balancieren.

Ich lächelte und nickte Janeth, unserer Sekretärin, zu, als sie an ihrem Schreibtisch vorbeiging.

Ich habe sie wochenlang davon überzeugt, ihre sichere, gut finanzierte Position in einer Anwaltskanzlei zu verlassen und zu uns zu kommen.

Die Versprechen von Aktienoptionen und Reichtum jenseits ihrer Träume überzeugten sie schließlich, das Risiko einzugehen.

Sie war wunderbar organisiert, jemand, den wir dringend brauchten.

Wenn Sie Ihren Schreibtisch überprüfen würden, könnten Sie sicher sein, dass alles ordentlich und ohne Risse wäre.

Mein Herz blieb für einen Moment stehen, als ich die Fotos ihrer drei Kinder in der Ecke ihres Schreibtisches sah.

Eine alleinerziehende Mutter mit allen damit verbundenen Tests.

Und ich werde sie und ihre Kinder über die Klippe bringen.

Mir war wieder schlecht.

Ich ging in mein Büro, eher wie ein Kubikmeter in der Mitte des Großraumbüros.

Von hier aus konnte ich die gesamte Firma überprüfen.

Ich setzte mich einfach auf und machte einen Dreihundertsechzig-Grad-Check, um zu sehen, dass alle hart arbeiteten.

Ich setzte mich und versteckte mich.

Alles wird am Montag zusammenbrechen.

Er war sich nicht sicher, ob er die Gehaltsabrechnung bezahlen konnte.

Stress trifft mich in einer Welle.

Ich blieb schnell stehen, um auf meinen Mülleimer zu schauen, und warf mein Frühstück weg.

Janeth rannte hinein, während er damit beschäftigt war, die Plastikfolie zu schließen.

"Geht es Ihnen gut, Mr. Carrington?" sie fragte mit mütterlicher Sorge.

'Nein, ich werde mich von einer Klippe werfen, nachdem ich sie alle überfahren habe', dachte ich bei mir.

"Mit meinem Frühstück stimmte einfach etwas nicht", log ich.

"Es gibt da draußen eine Art Grippe", fügte Janeth hinzu, "vielleicht sollte sie sich einen Tag frei nehmen und gesund werden."

Die Idee, sich zu Hause zu verstecken, war sehr attraktiv, aber sie konnte nichts von zu Hause aus tun.

Er brauchte gestern mehr Investitionskapital.

Alle meine normalen Kanäle waren ausgetrocknet.

"Nein, mir geht es gut", sagte ich, "ich werde das ein bisschen waschen und gleich zurück sein."

Sie versuchte nicht zu atmen, als ich mit dem Mülleimer in meinen Händen vorbeikam.

Janeths besorgter Blick war schwer zu ignorieren.

Ausgerechnet sie hatte das genaueste Bild vom Zustand des Unternehmens, aber sie wusste nicht, dass die Zahlung eines Darlehens von einer halben Million Dollar am Montag fällig sein würde.

Sie wusste jedoch, dass die Bank und ich einige hitzige Anrufe hatten.

"Es gibt keine Erweiterung" war das letzte Wort.

Es brauchte keinen Gedankenleser, um herauszufinden, dass etwas nicht stimmte.

In einer Stunde hatte ich ein Treffen mit einem ziemlich heiklen Risikokapitalgeber.

Es war ein zufälliger Schuss, aber er musste irgendwo schießen.

Zu diesem Zeitpunkt war er bereit, alles mit jedem zu handeln, der bereit war, die Finanzen zu stützen.

Ich brauchte nur Zeit.

Es dauerte nur sechs Monate, bis ein guter Cashflow erzielt wurde.

Ich kam an Ralph Seams und seinen vielen Quellcode-Bildschirmen vorbei.

Der Mensch lebte in einer binären Welt.

Es mitzunehmen war einer meiner besten Siege.

Er hatte keine Ahnung, wie er mit vier Flachbildschirmen voller Kauderwelsch umgehen sollte, aber seine Magie schien immer zu wirken.

Ich schaffte es kaum ins Badezimmer, als ich mich an sein neues Auto, sein neues Haus und seine neue Frau erinnerte.

Es revolutionierte meine Galle auf die schmerzhafteste Weise.

Ich habe den Schmerz verdient.

Es hätte mehr weh tun sollen.

Das Schiff sank und ich hatte vergessen, Rettungsboote zu kaufen.

Ich brauchte ein paar Minuten, um mich wieder zu beruhigen.

Ich wusch mein Gesicht und zuckte bei meinen roten, schlaflosen Augen zusammen.

Es war nur einen Schritt davon entfernt, in einem Kapitel von 'The Walking Dead' ein Extra zu sein.

Kein Wunder, dass Janeth dachte, sie hätte die Grippe.

Ich spülte ein paar Dutzend Mal meinen Mund und strich meine Haare glatt.

Der Mann im Spiegel sah zehn Jahre älter aus als vor einem Monat.

Ich holte ein paar Mal tief Luft und senkte meine Herzfrequenz auf ein überschaubares Maß.

Ich war der Kapitän dieses sinkenden Schiffes.

Er musste es zusammenhalten.

Ich war zuversichtlich, dass jeder sehen musste.

Es war das, worüber er nachdenken musste, als er beim nächsten Treffen zu beeindrucken versuchte.

Er wollte, dass ich wieder derselbe bin.

Die treibende Kraft, die dies zusammengestellt hatte, war furchtlos.

Ich habe das Unvermeidliche im Hinterkopf behalten.

Es war erst Mittwoch, und es blieb genügend Zeit, um ein Chaos von einer halben Million Dollar zu beheben.

Nachdem ich einen Morgen voller Selbstverachtung abgeschüttelt hatte, stürmte ich aus dem Badezimmer.

Er hatte ein Lächeln für alle.

# KAPITEL 2

Als Virginia Buttingson die Büros betrat, verstummte der normale Lärm des Ortes.

Sie war eine imposante Frau und kontrollierte eine große Menge Risikokapital.

Sie war gekleidet, um in einem engen dunkelblauen Rock und einer eleganten weißen Bluse mit einem ausgestellten roten Schal zu erobern.

Er trug einen Ledergürtel mit ineinandergreifenden Ringen und band sein Outfit mit einer kurzen, abfallenden dunkelblauen Anzugjacke zusammen.

Ihr akribisches braunes Haar war halb gekräuselt, von ihrem Gesicht getrennt und mit einer kleinen dunkelblauen Schleife hinter ihren Schultern gehalten.

Starker roter Lippenstift und dunkle Wimperntusche verleihen ihr einen anspruchsvollen Look.

Er schien Anfang vierzig zu sein.

Seine scharfen Augen schienen jede Ecke des Büros zu kritisieren.

Hinter Mrs. Buttingson gingen drei Personen mit dem typischen Aussehen von Anwälten: alle Männer und alle in schwarzen Anzügen.

Sie blockierten fast den Flur und wurden in den Konferenzraum geführt.

Ich holte tief Luft und brachte mein geschäftliches Selbst an die Oberfläche.

Es fühlte sich wirklich so an, als hätte ich ein paar Typen in Anzügen hinter mir, also fühlte ich mich nicht zahlenmäßig überlegen.

Die Einführung verlief reibungslos und ich nahm an einer Katzen- und Hundeausstellung teil.

Ich habe 30 Minuten lang vorgestellt, um die Machbarkeit unserer Cloud-basierten Softwarelösung zu fördern.

Er hatte alle Zahlen und Diagramme im Auge, zusammen mit einer Fülle von Marketingdaten, wunderbar entwickelten Kostenstrukturen und einer A-Grade-Partnerliste.

Ich wollte gerade eine Demo der eigentlichen Software starten, als ich plötzlich gestoppt wurde.

"Er sagt mir nichts, was ich nicht weiß", sagte Buttingson unverblümt.

Ich wartete darauf, dass sie fortfuhr und sagte mir möglicherweise, was sie wissen wollte.

Stattdessen erhielt ich tödliche Stille und seine starken Augen füllten mein vorheriges Vertrauen mit Löchern.

"Welche zusätzlichen Informationen suchen Sie, Miss Buttingson?" Ich habe ihn bestmöglich gefragt.

Ich hielt mein Gesicht ruhig und wollte, dass sie sah, dass nichts, was sie sagen oder tun könnte, mich beunruhigen würde.

"Seine Verzweiflung", antwortete sie schnell.

Seine Augen verließen meine nie und es gab keinen Humor auf seinen Lippen.

Sie war in mich eingedrungen.

"Ich bin nicht sicher, ob ich weiß, was du meinst", antwortete ich und versuchte mich zu behaupten.

Visionen von meinem Frühstück im Müllcontainer trafen mich erneut.

"Können wir einen privaten Moment haben?" Es war eine Bestellung für seine drei Schattierungen schwarzer Anzüge.

Sie standen als eine auf und verließen den Raum.

Als sich die Tür hinter ihnen schloss, kehrte ihre Aufmerksamkeit zu mir zurück.

"Bis Montag sind Sie fertig. Sie werden hierher kommen und all diesen Leuten, die ihr Vertrauen in Sie setzen, sagen, dass Sie sie verarschen. Meine Buchhalter sagen mir, dass Sie nicht einmal in der Lage sein werden, die endgültige Gehaltsabrechnung durchzuführen."

Mein Magen sandte ein bisschen Galle aus.

Ich würgte sie wieder.

"Ich weiß nicht, woher Sie Ihre Informationen haben, aber ..." Ich wollte die Firma verteidigen, aber sie hielt mich mit erhobener Hand auf.

"Gib mir keine beschissene Entschuldigung." Er schien meine Probleme im Detail zu kennen. "Aber ich kann alles zum Verschwinden bringen. Du wirst nachts gut schlafen und diese Leute werden dich nicht als Abschaum von der Unterseite ihrer Schuhe betrachten. Wir müssen uns nur abfinden."

Scheiße, ich war nicht bereit dafür.

Sie wusste, dass sie mich gefangen hatte und dass ich im Begriff war, auf kapitalen Weg vermasselt zu werden.

Ich habe mich in meinem Leben noch nie so klein gefühlt.

Ich richtete mich auf und war auf der Hut.

"Woran denkst du?"

Ich würde keine Zeit mehr damit verschwenden, mehr Make-up auf die Dinge aufzutragen.

Sie wusste bereits, dass sie im Dunkeln schwamm.

"Ich habe zwei Möglichkeiten für dich, von denen dir keine gefallen wird", erklärte sie entschlossen. "Bei der ersten Option warte ich bis Montag, wenn die Bank Ihr Darlehen anfordert und ich die Reste des Unternehmens abhole. Ich denke, Sie haben hier ein gutes Produkt und sollten es innerhalb von sechs bis zwölf Jahren rentabel machen können. Ich kann die Gehälter der Mitarbeiter kürzen, die für mich nützlich sind, und die verbleibenden entlassen. Es wäre keine Win-Win-Situation, da jeder Sie für die Katastrophe verantwortlich machen wird. "

Ich erwartete ein böses Lächeln, aber ich sah nur das gleiche Geschäftsgesicht.

Er hasste sie dafür, dass sie das Geld hatte, um so grausam zu sein.

"Das wäre sehr unangenehm", sagte ich fest.

Jetzt habe ich ein Lächeln bekommen.

Sie war nicht böse, sie war eine Gewinnerin.

Ich glaube, sie hat meine Verzweiflung genossen, wollte mir aber einen Ausweg geben.

Ich musste nicht lange auf Option zwei warten.

"Bei der zweiten Option unterschreibe und erweitere ich Ihr Darlehen und gebe Ihnen zusätzlich fünfhunderttausend Betriebskapital."

Sein Lächeln nahm zu.

Bis jetzt war ich bei dieser Option bei ihr.

Ich habe auf den Teil "Erpressung" gewartet.

"Im Gegenzug habe ich einen Anteil von neunundvierzig Prozent und ..." Er machte eine Pause und senkte seine Stimme, "einige zusätzliche Überlegungen."

Sie könnten mit dem Verlust von Aktien leben.

Er hatte wirklich keine andere Wahl und war überrascht, dass sie das Interesse des Unternehmens nicht kontrollieren wollte.

Das verbleibende Kapital von einundfünfzig Prozent war eine willkommene Überraschung, aber die "zusätzlichen Überlegungen" klangen fast illegal.

Ich habe Gesetze umgangen, war aber nicht dafür, sie zu brechen.

"Definieren Sie 'zusätzliche Überlegungen'", fragte ich in einem weniger maßgeblichen Ton.

Sie stand auf und ging unprofessionell auf mich zu.

Sein Lächeln ging von gewinnend zu grausam und traf seine Augen.

"Männer wie du faszinieren mich." Sie bewegte ihr Gesicht unangenehm nahe an meins. "Sie sind klug, motiviert und lieben es, die Verantwortung zu übernehmen. Dies wird letztendlich zum Erfolg Ihres Unternehmens führen. Ich mag es, mit Männern wie Ihnen umzugehen. Nicht geschäftlich, sondern privat."

Er machte eine Pause und ich schluckte.

Ihre Fersen ließen ihre Augen mit meinen gleich werden, was es schwierig machte, sich überlegen zu fühlen.

"Ich gebe dir was du willst und ich nehme was ich will."

Er drehte sich plötzlich um, kehrte zu seinem Platz zurück und setzte sich.

Ich bemerkte, dass es einen leichten moschusartigen Geruch hinterließ.

"Im Vertrauen?"

Ich wollte, dass das klar ist.

Er war sich nicht sicher, was ihn erwarten würde, aber es musste besser sein, als Janeth zu sagen, dass sie arbeitslos war.

"Sehr privat."

Sein Lächeln und seine Augen wurden weicher.

Sie waren fast einladend.

"Ich kann nicht versprechen, dass es dir gefallen wird, aber ich werde es tun."

Er konnte nicht glauben, dass er darüber nachdachte.

Sie war nicht mehr hart für ihre Augen und sie war nicht mehr so alt.

Sie konnte mich nicht länger als zehn Jahre mitnehmen.

"Was würde von mir erwartet werden?" Ich fragte nach.

Er schluckte immer noch schwer.

Er war es nicht gewohnt, so außer Kontrolle zu sein.

Vielleicht wäre eine Insolvenz besser.

Sein Lächeln wurde lustvoll.

"Du wirst meine gehorsame Hure sein", sagte er und zuckte die Achseln. "Ein paar Mal im Jahr, bis mir langweilig ist. Die anderen Handelsabkommen bleiben erhalten, wenn ich mit Ihnen fertig bin."

Das Wort "Hure" hallte in meinem Kopf wider.

"Sie werden mir vierundzwanzig Stunden lang vollständig gehorchen; es wird kein dauerhafter körperlicher Schaden auftreten, aber nur mein Vergnügen wird von Bedeutung sein."

# KAPITEL 3

"Ich bin nicht sicher, ob ich das liefern kann."

Ich hatte die Idee, ein wenig zu verhandeln, vielleicht ein paar Grenzen zu setzen.

"Es ist alles oder nichts, Mr. Carrington. Tauschen Sie einen kleinen persönlichen Stolz mit mir aus, und Ihr öffentlicher Stolz bleibt erhalten."

Sie ließ nichts offen für Verhandlungen.

Ich wurde so oder so geschraubt.

"Ich brauche eine Entscheidung. Ich bin nicht interessiert, wenn er nicht voll engagiert ist."

Er hatte nicht zu viele Möglichkeiten und er hatte auch keine Zeit.

Ich stellte mir vor, mich der Verlegenheit des Bankrotts zu stellen und meine Mitarbeiter zu scheitern.

Die Zeit und das Betriebskapital, die es bot, würden das Unternehmen zum Leuchten bringen wie nie zuvor.

Ich könnte vierundzwanzig Stunden lang eine Hure sein.

Ich bin süchtig nach Erfolg.

"Deal erledigt", war alles, was ich sagte.

"Gut", sagte er und griff in seine Aktentasche, "hier ist ein Schlüssel mit meiner Adresse. Er wird diesen Samstag um 9:00 Uhr dort sein. Niemand sonst sollte über diesen Teil unserer Vereinbarung Bescheid wissen." Sie schenkte mir wieder dieses warme, einladende Lächeln. "Rufen wir die Jungs an, um den Papierkram zu erledigen."

Ich nahm den Schlüssel und steckte ihn in meine Tasche.

Ich war bestürzt zu entdecken, dass Mrs. Buttingson in den Dokumenten alles klargestellt hatte.

Sie könnte das Recht ausüben, am kommenden Montag alles ohne Angabe von Gründen zu verlassen.

Plötzlich hatte ich das Gefühl, sie würden mich bei der Hand nehmen.

Und mit den anderen im Raum war unser Gespräch weniger offen.

"Es ist so, dass ich das Wochenende haben muss, um über die Optionen nachzudenken", sagte er. "Ich muss sicherstellen, dass wir beide unsere Verpflichtungen erfüllen können."

"Wie schützt das meine Interessen?" Ich antwortete: "Ich beabsichtige, alle mündlichen und schriftlichen Vertragsbedingungen vollständig umzusetzen. Ich habe keine Garantie dafür, dass dies auch der Fall ist."

Ich hatte keine Ahnung, wie ich das nötige Vertrauen aufbauen sollte, um uns beide glücklich zu machen.

Nach diesem Wochenende konnten wir das nötige Vertrauen haben, aber heute gab es wenig davon.

"Ich werde Ihr Darlehen in gutem Glauben und ohne Verpflichtungen um einen Monat verlängern lassen", antwortete sie.

"Akzeptiert." Ich lächelte.

Sein Wochenende ist es vielleicht nicht wert, für einen weiteren Monat ausgehalten zu werden, aber zumindest gab mir das Zeit, eine andere Lösung zu finden, wenn dies alles auseinanderfiel.

Ich war erstaunt, wie schnell sie den Kredit mit nur einem Anruf verlängern konnte.

Ich hatte es vier Monate lang versucht und auf taube Ohren gebeten.

Ein Anruf von ihr und ich hatten noch dreißig Tage.

Sie müssen diese Art von Macht respektieren oder hassen.

Und ich habe mich ein paar Minuten später für die Prostitution angemeldet.

Es war nicht in den Vereinbarungen geschrieben, aber es hing wie ein Amboss über mir.

Ich war sein oder ich würde in der Möglichkeit sein, von den Menschen, die ich mit mir in den Ruin schleppte, zu Tode geschlagen zu werden.

Ich nahm ein Gewicht von meinen Schultern, aber ein anderes nahm seinen Platz ein.

Wir verabschieden uns mit der Herzlichkeit, ein neuer Geschäftspartner zu sein.

Mein Unternehmen würde überleben, solange ich seine Bedingungen akzeptieren könnte.

# KAPITEL 4

Der Samstag kam viel schneller als ich es gerne gehabt hätte.

Wie bereitest du dich darauf vor, eine "gehorsame Schlampe" zu sein?

Ich hatte keine Ahnung, dass ich jemals zuvor eine solche Firma gesucht hatte.

Diese Art von Gesellschaft war frustriert von meiner Niedlichkeit und meinem Wunsch nach Vorspiel.

Ich denke immer, dass Frauen zerbrechlicher sind als sie wirklich sind.

Ich meine, ich nehme sie genauso gerne mit nach Hause wie jeder andere.

Ich brauche nur zuerst deine Erlaubnis.

Ich duschte, rasierte mich und schnitt überschüssiges Haar ab.

Ich habe eine ganze Menge Deodorant verwendet und nach der Rasur etwas gespritzt.

Zumindest würde es nicht schlecht riechen.

Ich hatte keine Ahnung, was ich anziehen sollte.

Ich entschied mich für Freizeitkleidung.

Es war für die meisten Gelegenheiten gut und nahm achtzig Prozent meiner Garderobe ein.

Die anderen zwanzig Prozent bestanden aus Jeans und T-Shirts.

***

Ich kam bei seinem Haus vorbei und erwartete, ein großes Herrenhaus zu finden, und entdeckte etwas viel weniger Prunkvolles.

Es war ein einfaches zweistöckiges Backsteinhaus im Kolonialstil.

Es hatte vier zweistöckige Säulen, die das Dach über der Veranda stützten.

Ein gepflegter Rasen und Zementtöpfe voller Blumen ließen es ordentlich aussehen.

Die Bäume waren alle altmodisch und gaben dem Haus eine angenehme Aussicht.

Ich parkte in der Einfahrt und klingelte.

Mrs. Buttingson öffnete mir die Tür mit einem angenehmen Lächeln.

"Nun, du bist ein bisschen früh dran. Bitte komm rein", sagte er, als er die Tür öffnete.

Die Eingangshalle bestand aus zwei Etagen mit einem riesigen Kronleuchter an der Decke.

Es hatte Hunderte von facettenreichen Kristallen, die das Morgenlicht reflektierten.

Es sah so aus, als wäre der Boden aus einer einzigen Marmorplatte gefertigt, ganz weiß mit schwarzen Adern, die nicht von Wand zu Wand brachen.

Alles sah auf reichhaltige Weise protzig aus.

Sogar die Rahmen, die das offensichtlich teure Kunstwerk stützten, fügten sich perfekt in das Raumgefühl ein.

Eine schöne Holztreppe führte vom zweiten Stock hinunter.

Das einzige, was fehl am Platz zu sein schien, war ein großer, leerer Weidenkorb neben der Haustür.

"Nervös?" Sie fragte.

"Besorgt", antwortete ich.

Ihre Lippen waren so rot wie bei unserem ersten Treffen.

Die Farbe ihres Lippenstifts kollidierte hart mit ihrer blassen Haut.

Sie hatte ihre Haare zu einem einzigen Zopf zusammengefasst, der in der Mitte ihres Rückens lief.

"Kraftvoll attraktiv" kam mir in den Sinn.

"Sei nicht so. Ich werde dir sagen, was ich will. Denk nicht nach, mach es einfach." Sie schenkte mir wieder dieses freundliche Lächeln. "Es ist eine Kontrollsache, ich mag es, die Controller zu kontrollieren."

Jetzt war er nervös.

"Haben wir sichere Worte oder so?"

Er hatte ein bisschen über Herrschaft recherchiert.

Ich hatte gedacht, dass sie dorthin gehen würde, und hatte mir das gerade bestätigt.

"Immer wenn Sie das Gefühl haben, dass es zu viel ist, können Sie ohne Probleme weitermachen", sagte er ohne ein Lächeln, "aber das würde natürlich unsere Vereinbarungen zunichte machen."

Ich lächelte über die Situation.

Manchmal muss man nur in die Löcher gehen, die man gräbt.

Sie müssen es nur mit Zuversicht tun.

"Ich denke, ich gehöre ganz dir", sagte ich mit einem Achselzucken.

"Ich würde gerne dieses Lächeln von deinem Gesicht wischen", enthüllte sie.

Sein Lächeln war jetzt größer als meins und es war nicht mehr freundlich.

Ich habe meine gezwungen, es zu erhöhen.

Wir werden sehen, wie viel von mir sich ändern kann.

Sie lachte über meinen Lächelnkampf.

"Ich wusste, dass du Spaß machen würdest."

Die große Uhr oben auf der Treppe begann die Zeit zu bestimmen.

"Ich will alle deine Sachen in diesem Korb haben. Dort sollten sie sein, bis du gehst", sagte er und zeigte auf den Weidenkorb.

Es war jetzt in seiner Macht und es war ein Befehl.

Einfach, dachte ich.

Ich legte meine Schlüssel, mein Telefon, meine Uhr und meine Brieftasche in den Korb und drehte mich um, um sie mir anzusehen.

"Ich sagte all deine Sachen, Schlampe!" Sie bestellte.

Sein Tonfall überraschte mich.

Aus irgendeinem Grund dachte ich, dass dies etwas herzlicher sein würde.

Ich biss die Zähne zusammen, als mir klar wurde, dass er sich auf meine Kleidung bezog.

Ich wusste, dass wir rechtzeitig dazu kommen würden, aber ich dachte an das Schlafzimmer oder so.

Ich reichte mir das Poloshirt über den Kopf und warf es in den Korb.

Es störte mich, dass ich mich so schnell bewegt hatte, um seine Forderung zu stellen.

Ich wurde langsamer und gemächlicher: mein Tempo.

Ich kniete nieder und löste beiläufig meinen Schuh.

Ich hörte das Summen, bevor ich den scharfen Stich auf meinem nackten Rücken spürte.

"Scheisse!" Ich schrie eher überrascht als schmerzhaft.

"Schneller, du bist in meiner Powerschlampe!" sie korrigierte.

Ich sah das Gesicht eines Dämons an.

Dieselben roten Lippen, einfach in einem Ausdruck des Bösen gespitzt.

In seiner Hand ein schwarzes Pferd, ungefähr zwei Fuß lang.

Am Ende war ein geschlungenes Stück Leder.

Das war der Punkt, an dem ich anfing, die Vernunft des von mir getroffenen Deals wirklich in Frage zu stellen.

Die Uhr hatte noch nicht einmal ihr neuntes Glockenspiel beendet und er hatte ernsthafte Vorbehalte.

Ich hatte mein Lächeln verloren.

"Und es wird keine ekelhaften Ausbrüche mehr aus deinem Mund geben", fuhr er fort, "du wirst mich als Herrin ansprechen. Verstehst du?"

Ich hatte eine Vision im Kopf, aufzustehen und meine Faust auf diese üppigen roten Lippen zu schlagen.

Aber ich sah Janeth weinen und Ralph versuchte seine neue Frau zu trösten.

Mein Magen drehte sich um.

"Ja", sagte ich leise und beschleunigte mein Ausziehen.

Das Knacken war lauter und ich zuckte zusammen, bevor es mich traf.

Ich hielt einen Sturm von Sprengstoff zurück und stieß nur ein kleines Grunzen aus.

"Wenn das?" gefordert.

Es war totale Unterwerfung.

Es war gegen alles in meinem Wesen.

Vierundzwanzig Stunden?

Er war sich nicht sicher, was es nach der ersten Minute schaffen würde.

"Ja, Herrin", murmelte ich.

Ich warf schnell meine Schuhe und Socken in den Korb und stand auf, um meine Hose auszuziehen.

Sein Lächeln war zurückgekehrt.

Zurück zu dem warmen und einladenden Lächeln.

Zur Hölle, er hatte ihr gefallen.

Ich zog es vor, dass sie verärgert war.

Er war wütend und es war nur fair, dass sie auch litt.

Ich zog meine Boxer und Hosen in einer Bewegung aus.

Ich habe sie nicht in den Korb gelegt.

Stattdessen warf ich sie mit einer angewiderten Haltung weg.

Ich musste es nicht mögen.

Der Korb rutschte ein paar Zentimeter von der Kraft entfernt.

Ich erhielt ein sarkastisches Lächeln.

Ich war mir nicht sicher, ob es meine Einstellung oder die Tatsache war, dass mein jetzt exponierter Schwanz kein großes Interesse an der Situation zeigte.

"Auf den Knien!" gefordert.

Ich fiel schnell zu Boden, der kalte Marmor quetschte meine Knie.

Ich behielt meinen angewiderten Ausdruck bei und sah ihm trotzig, so viel ein nackter Mann konnte, in die Augen.

"Schau runter!" Sie bestellte.

Diesmal bewegte ich mich langsam.

Ich versicherte mich, bevor ich ihn bedrohlich ansah, als meine Augen von seiner über seine Brust, an seinem Becken vorbei und zu seinen Füßen endeten.

Sie war ziemlich schlank und fit für vierzig.

»Vierzigjährige Hure«, korrigierte ich mich.

Er beugte sich neben mein Ohr.

"Bleib so. Während ich mich vorbereite, denke an eine gute Entschuldigung mit dem Korb für das, was passiert ist", flüsterte er laut.

Sein heißer Atem ließ mich kalt werden.

Seine Worte ließen Wut durch mein Blut strömen.

Scheiße, wenn ich mich für einen Korb entschuldige.

Sie ging zur Treppe.

# KAPITEL 5

Der Fuchs ließ mich dort und kniete fünfzehn Minuten lang auf dem kalten Marmor.

Ich wusste es, weil ich betrogen habe, indem ich auf die Uhr oben auf der Treppe geschaut habe.

Ich musste meine Rebellion zeigen, wo ich konnte.

Es waren nur noch dreiundzwanzig und drei Viertel Stunden übrig.

Mein Kopf war gesenkt, aber meine Augen leckten heimlich, als der Dämon die Leiter herunterkam.

Ich erwartete eine Art enges schwarzes Latex-Outfit mit langen spitzen Absätzen.

Aber ich hatte nicht erwartet, was die Treppe herunterkam.

Ich war völlig nackt.

Nichts, nicht einmal Schmuck oder Ornamente.

Seine Hand hielt immer noch selbstbewusst die verfluchte Peitsche.

Ich verfluchte meinen Schwanz, als er bei jedem Schritt leicht auf ihre hüpfenden Brüste reagierte.

Sie ging die Treppe hinunter und zeigte deutlich die Ergebnisse ihres Trainingsprogramms.

"Schlampe, Schlampe, Schlampe", korrigierte ich mein Gehirn.

Mein Schwanz ignorierte mich wie ein schleimiger Verräter.

Er stand vor mir, mein Kopf zeigte auf seine Füße, meine Augen suchten zwischen seinen Beinen.

Er hasste mich dafür, dass ich sehen wollte.

Da war es, zwei Fuß entfernt, ein schöner haarloser Schlitz, nackt wie am Tag ihrer Geburt.

Ich schluckte, bevor ich sabberte und meine Augen zurück auf den Boden zwang.

'Schlampe, Schlampe, Schlampe. Und meinen tückischen Schwanz ficken. '

"Ihre Entschuldigung?" Es klang wie eine Frage, aber er wusste, dass es ein Befehl war.

Ich hatte völlig vergessen, mir einen auszudenken.

Es ist nur ein Korb voller Scheiße.

"Entschuldigung, Korb", murmelte ich.

Er konnte nicht glauben, wie peinlich es war, es zu sagen.

Der Schnappschuss warnte mich noch einmal, was kommen würde.

"Das ... klingt nicht ... aufrichtig!"

Er betonte jedes Wort mit einer stechenden Peitsche von der Peitsche bis zu meinem Oberschenkel und meiner Seite.

Einer nach dem anderen war es überschaubar.

Ich kniff unwillkürlich die Augen zusammen und schätzte die Schläge kaum.

Visionen, das Ding aus seiner Hand zu nehmen und über seinen Körper zu peitschen, überfluteten mein Gehirn.

Warum stimme ich dem zu?

Er machte eine Pause, ich nahm an, er würde mich es noch einmal versuchen lassen.

Ich ließ meine Augen ein wenig nach oben gehen, um zu sehen, ob ein weiterer Schlag kommen würde.

Was ich sah, war etwas, das auf die Lippen ihrer Vagina schien.

Mein Schmerz machte sie an.

Dies war ein Verlust-Verlust, egal wie ich reagierte.

"Es tut mir so leid, Korbdame. Ich werde dich nie wieder missachten."

Ich zog es von meinem Kopf und sprach es deutlich aus.

Die Hexe duckte sich auf mein Niveau.

Ich sah kurz, wie sich ihre Unterlippen teilten und zeigte die nasse rosa Blume.

Sie hob mein Kinn und zwang meine Augen zu ihren.

"Ich glaube dir", sagte er mit diesem liebevollen Lächeln.

Verdammt, ich habe sie wieder glücklich gemacht.

Und diese verdammt leuchtend roten Lippen waren nur Zentimeter von meinen entfernt.

Ich wollte sie zwischen meinen Zähnen haben, damit ich beißen und sehen konnte, ob ihr Blut so rot war.

Ich war mir sicher, dass meine Wut auf meinem Gesicht offensichtlich war.

Sein Lächeln nahm zu, als seine Augen zwischen meine Beine fielen.

Mein Schwanz hatte beschlossen, meine Wut zu ignorieren und seine Nacktheit zu genießen.

"Berühre das und ich werde dir den wahren Zorn zeigen", unterstrich sie mit rubinroten Lippen.

Sie betonte ihren Standpunkt, indem sie meine Erektion leicht mit dem Lederende der Peitsche berührte.

Ich zuckte bei den Implikationen zusammen.

Mein tückischer Schwanz bewegte sich bei der Aufmerksamkeit.

"Fick mich" war alles, woran ich denken konnte.

Sie stand auf und neigte meinen Kopf zu Boden.

Meine Augen wanderten zurück zu ihren Füßen und bemerkten, dass ihre Zehennägel makellos mit einer leuchtend roten Politur bemalt waren.

"Folge mir", befahl er und ging zur Treppe.

"Ja Ma'am", sagte ich ohne nachzudenken.

Ich ballte die Hände, um mich dafür zu bestrafen, dass ich auf sein Spiel hereinfiel.

Meine Beine schmerzten, als ich aufstand.

Sie genossen die kniende Position nicht wirklich und beschwerten sich, bis ich sie wieder aufrichten konnte.

Als ich die Treppe hinaufstieg, floss das Blut durch sie und sie erlangten ihre Kraft zurück.

Ich folgte ihr unbehaglich die Stufen hinauf.

Ich stellte mir Situationen mit einer Art Folterkammer vor.

Und ihren engen Arsch zu sehen, half der Situation überhaupt nicht.

Bei jedem Schritt schwankte er nach links oder rechts, prallte aber nie ab.

Es war wie ein festes Kissen, das darum bettelte, gestreichelt zu werden.

Ich hielt meine Hände ruhig und versuchte verzweifelt, den Anblick zu ignorieren.

"Schlampe, Schlampe, Schlampe."

# KAPITEL 6

Ich folgte ihr den Flur entlang zu einem Raum am anderen Ende.

Die Besorgnis traf mich wieder hart.

Genau dort wäre ein privater Sexraum.

Weg von dem üblichen Weg, auf dem Gäste wahrscheinlich nicht stolpern würden.

Mein Herz beschleunigte sich ein bisschen.

Die Idee, mit der dämonischen Hexe unter voller Kontrolle an ein seltsames Artefakt gebunden zu sein, war keine sehr angenehme Idee.

Ich könnte unterwürfig spielen, aber ich glaube nicht, dass ich den ganzen Weg gehen könnte.

Ich verlangsamte meine Schritte und versuchte mir Zeit zum Nachdenken zu geben.

Nicht einmal eine volle Stunde war vergangen.

Ich sah sie im Raum verschwinden.

Ich blieb stehen, schloss die Augen und versuchte zu überlegen, wie weit ich gehen wollte.

Er war bereit weiterzumachen, solange er ihn aufhalten konnte, wenn er wollte.

Das war die Grenze, die er nicht überschreiten wollte.

Versklavt zu sein war keine Option.

Selbst wenn er in der Schlange auf Arbeitslose warten musste, würde er ihr das nicht geben.

Mein Stolz kam stark zurück.

Ich ging mit einem Ziel vorwärts.

Dies begann jetzt zu enden.

Ich ging in den Raum und verlor den Überblick über meine Gedanken.

Das Zimmer war hell und geräumig.

Zwei französische Türen öffneten sich zu einem Balkon, der mit bunten Blumentöpfen bedeckt war, die dem Raum sein Parfüm verliehen.

Es gab eine weiße Kommode mit Flaschen und Lotionen und einen Stapel frischer weißer Handtücher.

In der Mitte des Raumes stand ein Massagetisch.

Und sie lag mit dem Kopf auf einem kleinen Kissen auf dem Bauch und starrte mich wie Dolche an.

"Beweg dich, Schlampe!" Sie spuckte aus, "das heiße Öl ist auf der Kommode."

Eine Massage könnte es tun.

Wenn Sie ihren bösen Augen aus dem Weg gehen würden, würde sie auf dem Tisch umwerfend aussehen.

Sie hatte die richtige Kurve im unteren Rücken, um ihren Hintern zu betonen.

Ich lächelte über mein Glück.

"Es tut mir leid, Herrin", sagte ich und bewegte mich schnell durch das Öl.

Sie schlug mir mit der Peitsche auf den Arsch, als ich vorbeikam.

Also schauderte ich ein wenig, was sein Bestrafungsbedürfnis zu befriedigen schien.

In Wahrheit steckte keine Kraft dahinter.

Wenn Sie darüber nachdenken, war ich jetzt verantwortlich.

Seine Haut war meiner Gnade ausgeliefert.

Ich war nicht einmal angewidert von meinem Schwanz, als er sich Mühe gab, die Schönheit vor mir hervorzuheben.

Ich warf mir ein Handtuch über die Schulter und zog den Heißölspender von der Heizung.

Ich konnte den Lavendelduft riechen, den das Öl ausstrahlte, als ich zum Tisch ging.

"Beginne mit meinen Armen", sagte er leise.

Er stellte die Peitsche an ein Ende des Tisches und legte beide Arme an die Seiten.

Ich beträufelte meine Hände mit Öl und rieb sie aneinander, um eine schöne, gleichmäßige Verbindung zu erhalten.

Ich begann mit meinen Daumen an seiner rechten Hand, speziell an der Handfläche.

Er wusste ein oder zwei Dinge darüber, wie man eine Massage gibt.

Ich hatte einige sehr gute und erinnerte mich, wie es gemacht wurde.

Ich hatte einmal eines auf einem Kreuzfahrtschiff, das mich praktisch in den Himmel brachte.

Diese ältere Frau in den Sechzigern hatte die Hände eines Engels.

Sie verwandelte alle meine Muskeln in Gelee.

Diesmal würde er versuchen, seine Talente zu verdoppeln.

Mrs. Buttingson stöhnte, als ich meine Daumen über ihre Handfläche zog.

Ich fühlte, wie die Muskeln in seiner Hand ihren Stress abbauen.

Nach einer weiteren Ölschicht ging ich zum Handgelenk, knetete sanft und erhöhte langsam den Druck, als ich den fleischigeren Unterarm erreichte.

Ich sah zu, wie sie langsam atmete und sie ihren Kopf für ihren Komfort neu justierte.

Sie fiel in meinen Händen auseinander.

Ich trug mehr Öl auf und arbeitete in langsamen Kreisen um ihren Bizeps, während ich ihren Hintern betrachtete.

Es war wirklich eine Sache von völliger Schönheit.

Ich bewegte mich um seinen Kopf herum, an der Peitsche vorbei, zu seiner linken Hand.

Ich wiederholte den Vorgang an diesem Arm mit mehr Stöhnen des Teufels als Antwort.

Mein Kopf schwebte mit der Vision, die Peitsche zu packen und ein paar schöne Streifen auf ihren festen Arsch zu malen.

Zu diesem Zeitpunkt wurde mir klar, dass ich etwas nervös wurde.

Ich war ungefähr fünfzehn Minuten dabei und es fühlte sich an, als wäre ich seit einem Jahrhundert bei diesem Spiel.

"Hör auf meinen Arsch anzusehen", befahl er.

Mir wurde klar, dass seine Augen in meine schauten.

"Es ist schwer, Herrin zu ignorieren", sagte ich und lächelte.

Ich denke, zwei könnten dieses Spiel spielen.

Er hatte nichts Schlechtes gesagt und ihr nur ein verschleiertes Kompliment gemacht.

Vielleicht dachte er, er hätte ihr gesagt, dass sein Hintern in Ordnung sei oder zu groß, oder er meinte nur, er sei nackt.

Ich konnte die Gedanken hinter seinem Blick sehen und ich genoss seine Verwirrung.

Ich bewegte mich über seinen Kopf, bedeckte meine Hände mit mehr Öl und begann an seinen Schultern zu arbeiten.

"Warum ist es schwer zu ignorieren?" fragte er in einem Ton, der ein bisschen bedrohlich klang.

Die lange Verzögerung zwischen meiner Aussage und Ihrer Frage war köstlich.

Alle Frauen zweifeln an ihrem Körper.

Sogar eine reiche und mächtige Schlampe wie sie.

Ein Raketenwissenschaftler brauchte nicht, um zu wissen, dass er eine Schwachstelle getroffen hatte.

"Ich bin nicht derjenige, der es dir sagt, Herrin."

Ich bin ihm ausgewichen wie ein Diener des frühen 19. Jahrhunderts.

Er hatte wenig Macht in der Beziehung, aber er würde greifen, was er konnte.

Ich wusste, dass das in meinem Gesicht explodieren könnte, aber was zur Hölle.

Einige Risiken machen mehr Spaß als andere.

Sie stöhnte, als ich fest hinter ihren Ohren und entlang ihres Halses knetete.

"Hör auf herum zu ficken und antworte", seufzte er.

Es war schwer für sie, wütend zu werden, während sie an ihrem Hals arbeitete.

Er konnte fühlen, wie die Muskeln ihren Wunsch verloren, wach zu bleiben.

"Nun, es fällt ein bisschen auf, Ma'am", ich nutzte die Chance.

Er wusste, dass sich die Situation im Moment dem schlechten Ende des Spektrums näherte.

Ich konnte fühlen, wie sich die Muskeln unter meinen Fingern anspannten.

Möglicherweise hat es das Necken etwas zu weit gebracht.

Ich lehnte mich an sein Ohr und flüsterte:

"Weil es verdammt perfekt ist."

Ich habe die Herrin weggelassen, nur um mich über sie lustig zu machen.

Ich wollte sehen, wie er mit einem Kompliment umgehen würde, das mit Ungehorsam vermischt war.

Er hob langsam seine Hand, griff nach der Peitsche und berührte leicht meinen Oberschenkel.

"Es ist verdammt perfekt, Herrin", wiederholte ich.

"Dann hast du meine Erlaubnis, meinen Hintern anzusehen", sagte er schläfrig und legte die Peitsche und seine Hand wieder auf den Massagetisch.

Ich sah ein halbes Lächeln und wusste, dass unter seinem harten Äußeren eine schüchterne Frau lag.

Ein Punkt für mich.

Ich fing an, an seinem Rücken zu arbeiten.

Ich legte meine geölten Hände über ihren Hintern über ihren Rücken.

Dann ging ich an den Seiten nach oben zurück und kratzte kaum an den Seiten ihrer zerquetschten Brüste.

Meine Fantasie kam auf und ich sah diese rubinroten Lippen, die meinen Schwanz umkreisten, als ich mich auf seinem Rücken hin und her bewegte.

Es hätte nur eine kleine Neigung seines Kopfes gebraucht, um es zu tun.

Ich ging schnell zu seiner Seite zurück, um das Bild aus meinem Kopf zu bekommen.

Ich hatte ein großes Bedürfnis, mit meiner Erektion fertig zu werden.

Ich verbrachte weitere zehn Minuten auf seinem Rücken, bevor ich aufstand.

Wenn Sie jemanden wirklich entspannen möchten, probieren Sie eine Heißölmassage auf den Fußsohlen.

Ich habe sie fast eingeschlafen, während ich an ihren Zehen gearbeitet und ihre Sohlen mit meinen Daumen gerieben habe.

Ich konnte sogar meine Erektion beruhigen, zumindest bis ich aufblickte.

Eingebettet zwischen ihren Schenkeln, direkt unter ihrem perfekten Hintern, war ein Teil ihrer intimen Blume freigelegt.

Ich fühlte, wie ein Stich meinen Schwanz wieder erregte.

Ich versuchte wegzuschauen, aber auf den freiliegenden Lippen schimmerte es gemütlich.

Ich war nass und ich war höllisch heiß.

Wunderschöne Lippen, perfekter Arsch und glänzende Muschi, das war mehr als ein Mann ertragen sollte.

Ich zwang mich, auf ihre Füße zu schauen und verdoppelte meine Bemühungen.

Es dauerte nicht lange, bis meine Augen zur Spitze ihrer Schenkel zurückkehrten.

Meine Eier fingen bereits an zu schmerzen.

Ich trat zur Seite und begann an seinem Unterschenkel zu arbeiten.

Sie stellte ihre Position auf dem Kissen mit geschlossenen Augen wieder her.

Ich konnte jetzt nur ihren wundervollen Arsch sehen.

Beide Lippen waren vor mir verborgen, was ein bisschen half.

Ich habe mich dem Geschäft zugewandt.

Ich dachte darüber nach, was mit dem neuen Betriebskapital getan werden könnte.

Es könnte das Marketing und damit den Umsatz steigern, sobald wir wieder auf dem richtigen Weg sind.

Ich könnte Ralph um Hilfe bitten und die endgültige Entwicklung beschleunigen.

Es gab ein Unternehmen, das sich auf Benutzeroberflächen spezialisiert hatte, um die Benutzererfahrung zu verbessern.

Diese Gedanken verminderten nicht die Schwellung, aber sie beruhigten den unmittelbaren Drang.

Noch fünfzehn Minuten und nur ihr Arsch war nicht geölt.

So sehr ich dieses enge Fleisch kneten wollte, ich dachte nicht, dass meine armen Eier es aushalten könnten.

Ich war mir auch nicht sicher, ob seine Rückkehr mir einen Gefallen tun würde.

Vielleicht würde die Stunde, die er bereits mit ihr verbracht hatte, ausreichen.

"Du ignorierst wissentlich meinen Arsch", sagte er abweisend.

Ich hörte für einen Moment auf zu atmen, als ich seine straffe Perfektion betrachtete.

Es war Zeit für ein bisschen Wahrheit.

"Es ist nur so, dass ich explodieren werde, Herrin", sagte ich widerwillig.

Er hoffte, dass sie etwas Gnade zeigen würde.

Verdammt, das würde mich beruhigen.

Er hob träge den Kopf und sah zwischen meine Beine.

Ich folgte seinem Blick.

Es gab eine lange Kette von klarem Precum von der Spitze meines Schwanzes bis zum Boden, die in einer kleinen Pfütze endete.

"Oh", sagte sie mit wenig Mitgefühl, "um Ihrer Mitarbeiter willen hoffe ich, dass Sie nicht alles verlieren, bevor die Zeit abläuft." Sie legte ihren Kopf auf das Kissen. "Mach weiter mit der Arbeit."

"Verdammte Hure!" Ich sagte mir.

Ich hätte es fast laut gesagt, aber sein Hinweis auf meine Mitarbeiter ließ mich zurückhalten.

Sie war eine sexy und böse Dämonenhure.

Ich war noch nie in meinem Leben so niedrig.

Ich beschichtete meine Hände wieder mit Öl, schloss die Augen und knetete das prächtige Gesäß.

Ich versuchte mir vorzustellen, wie ich Pizzateig knete.

Es hat nicht funktioniert.

Am Ende biss ich mir auf die Innenseite meiner Wange, bis ich Blut schmeckte.

Er hasste sie damals aus Leidenschaft.

Ich begann zu denken, dass meine früheren Gedanken an den Dungeon vorzuziehen gewesen wären.

Der Schmerz half, also biss ich mir auf die Zunge.

Schwierig.

Ich trug mehr Öl auf und beschloss, für Aufsehen zu sorgen.

Diesmal fuhr ich mit der Seite meiner Hand zwischen ihren Pobacken, absichtlich entlang ihres Anus.

Ich habe es nicht zärtlich gemacht und nicht so getan, als wäre es ein Unfall.

Ich sah seine Füße springen.

Nicht mehr von dieser langsamen, süßen Scheiße.

Mein Schwanz brachte mich um und Wut und Schmerz waren die einzigen Dinge, die mir eine leichte Pause gaben.

Übrigens zog ich meine Hand zum Spalt und stellte sicher, dass ihr Anus nicht ignoriert wurde.

Ich sah, wie sich sein ganzer Körper zusammenzog und sein Kopf angehoben wurde.

Sie rollte sich auf die Seite, ihren Arsch außer Reichweite.

"Auf den Knien!" Sie schrie.

Ich fiel auf die Knie und ließ meine Augen auf den Boden fallen.

Er konnte nicht glauben, wie schwer er atmete.

Zumindest konnte er ihre Nacktheit nicht mehr sehen.

Mein armer Schwanz bewegte sich und bat um Erleichterung.

Ich schloss die Augen und betete um Schmerz.

Ich hörte das Summen und zuckte nicht zusammen, als es mich auf den Rücken traf.

Ich habe den Schmerz genossen.

Ich stützte mich darauf.

Es war eine wundervolle Ablenkung.

Ein Geräusch kam aus meinem Mund, kein Stöhnen, sondern ein Stöhnen der Erleichterung.

Ein weiteres Summen, stärker als das erste, zischte an meinem Ohr vorbei und schlug mir in die Brust.

Diesmal gab ich ein "ahhh" ab, als das Blut von meinem Schwanz in meinen Körper zurückfloss.

Es gab keinen dritten Treffer, obwohl ich mir einen dritten gewünscht hatte.

"Mehr", bat ich ihn.

Ich musste meine Lust verlieren.

Ich war so weit gekommen, dass ich beschlossen hatte, jetzt nicht aufzuhören.

Ich wollte, dass mir die Leidenschaft genommen wird.

Er antwortete mir schweigend.

Ich öffnete meine Augen und sah auf.

Sie stand in ihrer nackten Pracht vor mir, mit diesen vollen rubinroten Lippen und ihrer schwarzen Peitsche in der Hand.

Er hatte Verwirrung im Gesicht.

Ich mochte es nicht, obwohl ich wusste, dass ich musste.

"Bitte", bat ich ihn erneut.

Ich hatte Angst, dass meine Teile brechen würden.

Ich wollte zum ersten Mal in meinem Leben meine Erektion verlieren.

Er hob die Peitsche, überlegte es sich besser und ließ sie neben sich fallen.

"Augen runter! Bleib so!" Er bestellte und verließ dann den Raum.

# KAPITEL 7

Ich habe keine Ahnung, wie lange es weg war.

Er wusste nur, dass die Stille und der Mangel an visueller Stimulation langsam alles wieder normal machten.

Meine Herzfrequenz sank und ich fühlte mich wieder ruhig.

Zu der Zeit fiel es mir schwer zu verstehen, wie ich zu dem Punkt kam, an dem ich darum bat, verprügelt zu werden.

Ich behielt das Wissen, dass sie offensichtlich nicht gern gefragt wurde.

Er hatte noch einen kleinen Scheck bekommen.

Als der Dämon zurückkam, kniete ich immer noch und starrte auf den Boden.

Es war damals eine Art therapeutische Position für mich.

Es erlaubte mir, ohne Ablenkung zu denken, und die leichten Schmerzen in meinen Knien halfen mir, aus meiner Situation vor dem Orgasmus herauszukommen.

Sie lehnte sich zurück auf den Tisch.

"Du wirst von vorne anfangen", sagte sie, "du wirst ruhig bleiben und deine Finger werden liebevoll sein."

Es scheint, dass sie ihrer Dominanz Grenzen gesetzt hatte.

Ich glaube, sie hat mein Limit gefunden und war bereit, zurückzutreten, aber sie würde es nicht zugeben.

Ich war überrascht, das Wort "Liebe" zu hören.

Das schien nicht zu dem Arrangement zu passen, das sie sich ausgedacht hatte.

Und es war einfach keine gute Beschreibung dessen, was er tat, als ich seinen Arsch angriff.

Ich stand auf und beugte meine Knie, um das Blut wieder in meine Beine zu bekommen.

Sie war großartig dort zu liegen.

Ihre Brüste hatten sich leicht zu den Seiten entspannt und ihre Haare flossen über das Kissen und auf den Boden.

Sie hatte das Geflecht entfernt, das ihrem Haar eine attraktive Locke verlieh.

Aber ich war etwas gestresst.

Diese Frau rechnete.

Ich habe mir selbst versprochen, vorsichtig zu bleiben.

"Wo würde meine Herrin gerne anfangen?"

Es war zurück zu Beginn des 19. Jahrhunderts.

Ich lächelte und fühlte mich wieder mehr wie ich.

"Arme, Schultern, Brüste, Bauch und dann die Muschi. In dieser Reihenfolge", stellte sie ohne Vorbehalt fest.

Mein Schwanz zuckte zusammen.

Du Schlampe, dachte ich.

Sie versuchte provokanter zu sein.

Sie würde mich dazu bringen, zurück zu kommen, um mich anzuziehen.

Sie würde mich mit Angst "töten".

Als sie "Liebe" sagte, wollte sie langsam töten.

"Ja, Herrin", antwortete ich.

Ich habe meine Hände geölt und versucht, an Baseball zu denken.

Er hasste Baseball.

Ich ging langsam in ihren Armen zur Arbeit, wie sie es verlangte.

Ich konnte meine Augen von seinen Teilen lassen und mich nur darauf konzentrieren, wo meine Finger waren.

Er wusste, dass dies nur funktionieren würde, bis es an ihren Brüsten ankam, aber es funktionierte gerade.

Mein Schwanz war ziemlich ausgelaugt und ich wünschte, ich könnte mich zurückziehen.

Aus dem Augenwinkel sah ich ein wissendes Lächeln.

"Schlampe, Schlampe, Schlampe."

Als ich zu seinen Schultern kam, musste ich auf seinem Kopf stehen.

Meine periphere Sicht erfasste ihre rubinroten Lippen und Brüste.

Mein Schwanz respektierte das so sehr, als wäre es ein Zeichen der Ermutigung.

Ich atmete langsam und versuchte meine Herzfrequenz zu verlangsamen.

Ich senkte meine Augen und sah nur ihre Lippen.

Diese zwei schönen rubinroten Lippen.

Sie leckte sie sehr leicht.

Ich sah ihm schnell in die Augen und sah Humor in ihnen.

Dann seufzte sie und teilte sanft ihre Lippen.

Er blinzelte lange, als er sah, dass mein Schwanz wieder zu wachsen begann.

Zumindest könnte seine Erschöpfung seine Wiedergeburt etwas verlangsamen.

Als ich ihr wieder in die Augen sah, biss sie sich zärtlich auf die Unterlippe.

"Herrin, bitte", bat ich.

Sie hatte mich und sie wusste es.

Ich hätte versuchen sollen, härter zu verhandeln, vielleicht weniger Zeit öfter an Terminen.

Vierundzwanzig Stunden schienen jenseits der normalen männlichen Ausdauer zu liegen.

"Meine Brüste jetzt."

Sie ignorierte meine Bitten und hielt den Druck aufrecht.

Sein Lächeln nahm wieder diese böse Qualität an.

Ich trug eine neue Schicht Öl auf meine Hände auf.

Ich blieb stehen, um sicherzustellen, dass sie gut bedeckt waren.

Ich brauchte so viele Blocker, die mir helfen konnten.

Ich beugte mich vor und fühlte dabei, wie sein aufgerolltes Haar die Spitze seines Schwanzes kitzelte.

Ich wäre fast aus mir herausgesprungen, als ich die sanfte Liebkosung ihrer Zöpfe spürte.

Ein kleines halbes Kichern entkam den Lippen der Hündin.

Ich begann mich neben ihn zu bewegen, weg von diesen kitzelnden braunen Strähnen.

"Bleib wo du bist und konzentriere dich auf die Brustwarzen", befahl er. "Und mit Zärtlichkeit", fügte sie hinzu und erinnerte sich wahrscheinlich an meinen vorherigen Job.

Ich versuchte mein Becken in keiner Weise zu bewegen und begann zärtlich ihre Brüste zu massieren.

Ich lege die Brustwarzen vorsichtig zwischen Daumen und Zeigefinger.

Ich fühlte, wie seine Haare durch meine wachsende Erektion krabbelten.

"Hmm, das fühlt sich gut an", flüsterte sie, als sie langsam ihren Kopf nach links und rechts bewegte und ihre Haare hin und her zog.

"Herrin, bitte", bat ich sie erneut.

Mein Schwanz begann seine frühere Kraft zu gewinnen, so dass die Situation an Angst grenzte.

Er war sich nicht sicher, wie viel er nehmen konnte, bevor der physische Schaden wieder einsetzte.

Ich meine, Ballschmerzen waren eine Sache, aber Missbrauch musste sich nachteilig auf die Elternschaft auswirken.

"Der Bauch jetzt", befahl er und zeigte auf ihre rechte Seite.

Ich seufzte, als ich mich schnell zur Seite bewegte und mein Öl auffrischte.

Er wollte dort so viel Zeit wie möglich verbringen.

Wenn Sie Ihre Augen richtig zusammenknicken, können Sie einen kleinen Sichttunnel bilden, der Ihre periphere Sicht fast vollständig aufhebt.

Ich habe diese Fähigkeit in diesem Moment gelernt.

Ihre Titten und ihre Muschi verblassten und ich konzentrierte mich glücklich auf ihren Bauch.

Sie musste den Erfolg jedes Übungsprogramms schätzen, an dem sie teilnahm.

Ich konnte die Muskeln unter der Haut fühlen.

Wenn sie ein Mann wäre, hätte sie ein Super-Plus-Paket gehabt.

"Ich denke, als Mann hast du Gedanken über meine frechen Brüste", sagte er im Gespräch, "du möchtest wahrscheinlich wissen, wie es wäre, deinen Schwanz zwischen sie zu schieben."

Die Visionen drangen wieder in mein Gehirn ein.

Ich senkte die Augen und sah nichts als glatte, glänzende Brüste.

"Oh Gott!" Rief ich aus, als das Blut meinen Schwanz wieder überflutete.

Sie ignorierte meinen Mangel an Unterwürfigkeit in meiner Sprache.

"Ich vermute, es wäre warm, wenn dein Schwanz zwischen ihnen gewickelt wäre. Wie lange denkst du, könntest du durchhalten, bevor du dich auf meinen Lippen entleerst?"

Sein Ton war lässig.

Meine Knie wurden schwach und mir war etwas schwindelig.

Ich schloss die Augen und begann zu hyperventilieren.

Ich kämpfte hart, um das Bild ihrer mit Sperma bedeckten Lippen aus meinem Kopf zu bekommen.

Es ist äußerst schwierig, an so etwas nicht zu denken, wenn sie Ihnen davon erzählen.

"Öl in meiner Muschi jetzt", befahl sie.

Er hob die Knie und spreizte die Schenkel.

Ich habe hart gearbeitet, um meine Erektion mental zu schwächen, während ich meine Hände wieder geölt habe.

Und es scheiterte kläglich.

"Ich mag es sehr, weil du nie weißt, was passieren kann."

Mein Schwanz tauchte bei seinen Worten wieder auf.

Ich bückte mich fast, um es zu leeren.

Eine Million Dollar: Das bedeutete sein Beitrag plus die Laufzeit des Kredits.

Es war nur ein Hardball-Fall von einer Million Dollar.

Ich biss mir auf die Zunge und massierte so zärtlich wie möglich das Öl in ihre Fotze.

Ich fühlte jedes Wappen und das Geben und Nehmen ihrer zarten, weichen Lippen.

Aber ohne etwas zu sehen, hielt er die Augen geschlossen.

"Benutze beide Hände. Ich möchte, dass du mir einen schönen langsamen Orgasmus gibst", befahl er.

Ich machte mich an die Arbeit, holte tief Luft, hielt jeden Atemzug einige Sekunden lang an und ließ ihn dann langsam los.

Meine linke Hand war damit beschäftigt, ihre Kapuze zu testen, um ihren Kitzler zu erregen.

Ich steckte langsam zwei Finger meiner rechten Hand in ihre warme Öffnung.

Sie brauchte kein Öl, ihre Qual an mir war genug, um ihren gesamten Kanal zu durchnässen.

"Ja, das fühlt sich gut an", ermutigte sie, "so nett und langsam."

Er würde es nicht schaffen.

Selbst mit geschlossenen Augen wussten meine Sinne, wo meine Hände waren.

Ich würde meine Ladung werfen und ich würde meinen Schwanz niemals berühren.

Es gab nur eine Lösung.

"Du bist eine Schlampe!" Ich kündigte an und bewegte meinen Hintern zum Kopf des Tisches.

Das Zischen der Peitsche war fast augenblicklich.

Sie wartete darauf, dass ich mich trennte.

Dieses Mal gab ich ihm, was er wollte, ich schrie vor Schmerz, als die Peitsche meinen Arsch fand.

Ihre Hüften ruckten hoch.

Ich schrie erneut, als der zweite Schlag landete und spürte, wie sich ihre Muskeln gegen meine Finger spannten.

Die Peitsche schlug auf den Boden, als ihr Orgasmus die volle Kontrolle über ihren Körper übernahm.

Meine linke Hand bewegte sich schnell und spielte mit ihrem Kitzler, während meine rechte ihre Finger tiefer drückte.

Ein lautes Stöhnen hallte auf den Balkon und ihr Rücken krümmte sich.

Das Stöhnen stieg und fiel in der Frequenz, als Wellen des Vergnügens durch ihren Körper strömten.

Ich kämpfte darum, den Angriff mit meinen Fingern zu halten.

Als ihre Hüften sanken, reduzierte ich meine linke Hand auf sanfte Bewegungen.

Mein Recht ging zu einer langsamen inneren Massage.

Sie seufzte laut und ließ ihre Knie fallen.

Mein Bedürfnis hatte sich leicht verringert, als ich mich auf ihr konzentriert hatte.

Eine seltsame umgekehrte Beziehung.

Ich entfernte vorsichtig meine Hände, als sein Atem langsamer wurde.

Ich sah auf seinen schlaffen und gesättigten Körper hinunter und fand ihn irgendwie wunderschön.

Ich bückte mich und hob die Peitsche vom Boden auf.

Wie ein Idiot gab ich es ihm.

"Ich hoffe, meine Herrin vergibt mir, dass ich sie eine Schlampe genannt habe", sagte ich mit falscher Aufrichtigkeit. "Ich hatte das Gefühl, ich brauchte ein wenig ... Ermutigung."

Er war bereit für ein paar weitere Schläge, gut platziert.

Es war es wert, ihn wissen zu lassen, dass er seine Aufmerksamkeit hatte.

Überraschenderweise nahm sie die Peitsche und tätschelte meinen Unterarm.

"Dieser Moment war ausgezeichnet", sagte er mit seinem warmen, einladenden Lächeln.

Ich schob zärtlich eine verschwitzte Haarsträhne von der Vorderseite ihres Gesichts bis hinter ihr Ohr.

Er hatte das starke Verlangen, diese rubinroten Lippen zu küssen.

Ich schüttelte den Kopf und sah weg.

Die Schlampe hatte mich über eine Stunde lang gefoltert.

Ich würde ihn jetzt nicht mögen.

Ich werde darüber nachdenken, ihn am Montag zu mögen, wenn ich eine Million Dollar habe.

Vierundzwanzig Stunden schienen plötzlich nicht mehr so imposant zu sein.

# KAPITEL 8

Er saß auf der Tischkante.

"Du wirst mich jetzt baden", sagte sie, als sie sich wieder beherrschte.

Ich betete, dass mein Schwanz dies als klinische Operation sehen würde.

Ich war wirklich besorgt darüber, wie viele unbefriedigte Erektionen ein Mann an einem Tag haben kann.

Vielleicht könnte ein Schwanz aufgeben und nie wieder aufstehen.

Ich war kein Fan dieser Verleugnungsscheiße.

Als er aufstand, rutschte sein Fuß auf etwas auf dem Boden.

Ich sah, wie sich sein Hinterkopf schnell bewegte, um auf den Tisch zu schlagen.

Ohne nachzudenken, ging ich hinüber und sie landete sicher in meinen Armen.

Ich seufzte erleichtert.

Das Adrenalin, das in mein System gepumpt wurde, ließ mich ein bisschen zittern, als ich sie aufstand.

Ich merkte nicht einmal, dass wir nackt waren und dass ich ihre Brüste hielt, bis ich sie losließ.

Es war heute das zweite Mal, dass ich Verwirrung in seinen Augen sah.

Für einen kurzen Moment verlor sie die Kontrolle und ich wurde der Controller.

Ich weiß nicht, warum ich das Bedürfnis hatte, in Schwierigkeiten zu geraten, aber ich tat es.

"Hat die Herrin Probleme, Danke zu sagen?"

Ich lächelte, als ich es sagte.

Es war ein schiefes Lächeln, das eine Ohrfeige verdient hatte.

Ich wollte ihre Geduld festigen, da sie die ganze Zeit mit meiner gespielt hatte.

Ich habe etwas erhalten, was ich nicht erwartet hatte.

"Danke, Richy", sagte sie aufrichtig.

Er beugte sich vor und küsste meine Stirn.

Es war die Art von Kuss, die eine Mutter einem Kind geben würde.

Der Unterschied war, dass meine Mutter noch nie so sinnliche rubinrote Lippen hatte.

Ich stützte mich auf sie und wünschte, sie wäre mehr als der Kuss, der sie war.

"Jetzt mach den Boden sauber. Dein Schwanzsabber hat mich fast umgebracht."

Seine Stimme kehrte sofort zu der Hündin zurück.

Ich schnappte mir ein sauberes Handtuch und wischte auf Händen und Knien die kleinen Spuren von Precum ab, die ich auf dem Boden um den Tisch herum zurückgelassen hatte.

Ich fragte mich, ob man dehydrieren könnte, wenn man bei dieser Geschwindigkeit Flüssigkeit verliert.

Ich nahm mir Zeit, als sie hinter mir stand.

Er schien es zu genießen, mich nackt zu beobachten, als ich den Boden säuberte.

Ich habe es genossen, die unvermeidliche Rückkehr zum Leiden beizubehalten.

Vielleicht könnte ich etwas Wäsche machen oder so.

***

Wenn die meisten Menschen duschen, handelt es sich entweder um eine Badewanne mit erhöhtem Wasserhahn oder um einen vier mal vier großen Plastikraum.

Diese Frau mochte Duschen.

Es war eine kleine Kabine mit mehreren Duschköpfen in zwei Richtungen und einer Art Regenmaschine, die wie eine Lampe von der Decke hing.

Es gab eine Bank, keine Art Sitz, sondern eine schwarze Marmorbank, die ungefähr zwei Meter lang war und sich über die gesamte Länge der Wand erstreckte.

Die Wände, der Boden und die Decke waren mit gemusterten Fliesen verziert, nicht mit gemusterten Fliesen, sondern mit Mustern aus Fliesen verschiedener Farben.

Diese Muster waren geschmackvoll mit verschiedenen geschichteten und gebänderten Stilen.

Es gab Regale mit Plastikflaschen und Waschutensilien.

Das natürliche Licht, das durch die mattierten Fenster hereinkam, ließ den ganzen Raum sehr einladend aussehen.

"Wow", sagte ich und vergaß die 'Herrin' noch einmal.

Ich war noch nie von einer Dusche beeindruckt.

Er wusste wirklich nicht, dass er von einem beeindruckt sein konnte.

Ich habe keine Schlüssel dort gesehen, wo ich sie erwartet hatte.

Das Ein- und Ausschalten des Wassers war ein Rätsel.

Ich hatte vor vielen Jahren einmal eine Freundin, die es wirklich genoss, unter der Dusche zu schlafen.

Er konnte sich nur vorstellen, welchen Orgasmus sie an einem Ort wie diesem haben würde.

Er hatte seit Jahren nicht mehr an Wendy gedacht.

Sie verließ mich für einen Buchhalter, der etwas heiratsfähiger war.

Die Pause war sogar in der Dusche nach etwas nassem Sex.

Sie wollte ein feuchteres Toben.

Er war fünf Monate später bei seiner Hochzeit.

Sie war ein gutes Mädchen und ich wünschte ihr wirklich das Beste, aber die Duschen waren seitdem nie mehr die gleichen.

Mrs. Buttingson betrat das Badezimmer und machte sich an die Arbeit an einem Flachbildschirm, der in die Fliesen in der Nähe der Vorderseite eingebettet war.

Seine Finger waren verschwommen, als er eine Reihe von Entscheidungen übte und einige Entscheidungen traf, bevor er lesen konnte, was sie waren.

Er drückte einen digitalen grünen Knopf und der Bildschirm wurde schwarz.

Das Wasser begann sanft, aber offensichtlich fließend vom Dach zu regnen.

Sie stand im Flur und wartete.

Ich zuckte die Achseln und wartete mit ihr.

Es war vielleicht fünfzehn Sekunden später, als ich den Beginn der Symphonie hörte.

Es war eines, das er zu erkennen glaubte, möglicherweise von Mozart.

Er musste einer der großen Komponisten sein, da meine Kenntnisse auf diesem Gebiet der Musik sehr begrenzt waren.

Er konnte nur annehmen, dass der Beginn der Musik darauf hinwies, dass das Wasser die gewünschte Temperatur erreicht hatte.

Sobald die Musik anfing, stolperte sie ins Wasser.

Es war fast so, als würde ich ein bisschen tanzen.

Ich fand es magisch und sehr erotisch.

Mein Schwanz war bereit, ihn in der steigenden Luftfeuchtigkeit zu ignorieren.

Ich bewegte mich hinter ihr und unter dem Regen des Wassers.

Das Wasser war ein paar Grad wärmer als ich es für perfekt halte.

Offensichtlich war es genau die Temperatur, die sie wollte.

Sie tränkte ihre Haare unter dem fallenden Wasser und strich sie sich aus dem Gesicht.

Er schnappte sich eine Flasche mit etwas aus einer der Ecken.

"Haare zuerst", sagte er respektlos.

Ich nahm die Flasche aus seiner ausgestreckten Hand.

Er saß am Ende der Bank und streckte die Beine in den warmen Regen.

Ich legte ein Knie auf die Bank, damit ich näher kommen konnte, und war überrascht, dass ich den kalten Marmor nicht spürte.

Das verdammte Ding war heiß!

Ich legte etwas Shampoo auf meine Hand und machte mich an die Arbeit.

Dies war Wendys Lieblingsteil gewesen.

Ich massierte ihre Kopfhaut unter dem Deckmantel eines Shampoos, und wenn sie fertig war, schlug sie mich leidenschaftlich an die Wand.

Er wusste, dass er diese wunderbaren Dips in der Dusche mit dieser Schlampe nicht noch einmal erleben konnte, aber er konnte sie etwas davon fühlen lassen.

Ich legte das Shampoo auf ihre Haare und achtete genau darauf, ihre Schläfen zu reiben, wenn meine Finger näher kamen.

Er wusste, was das Wendy antun konnte.

Ich nahm an, dass ich dasselbe mit meiner Dämonen-Verführerin tat.

Sie lehnte sich zurück und gurrte ein wenig.

Ja, es hat sie sehr beeinflusst.

Ich mochte die Kraft, die er mir gab, das Wissen, dass zumindest sein Nervensystem vor mir verblasste.

"Wagen Sie es nicht aufzuhören", befahl er mit einem Lächeln.

Ich habe keine Ahnung, was Frauen außerhalb des Schlafzimmers von mir hielten, aber keiner hatte sich jemals über meine Verwöhnung beschwert.

Er genoss das Vorspiel, die selbstlosen leidenschaftlichen Handlungen, die eine Frau in die Höhe treiben.

Ich habe diese Talente hier eingesetzt.

Je mehr er sie glücklich machte, desto kürzer würde es sein, wenn er sich mehr Leiden vorstellte.

Aber ich hätte nicht falscher liegen können.

# KAPITEL 9

Ich sah zu, wie sie ihre Beine spreizte, als sie ihren Hals zwischen meinen Fingern streckte.

Seine Hand bewegte sich sinnlich zwischen ihren Beinen und ein Stöhnen entkam ihren Lippen.

Er hatte noch nie eine Frau gesehen, die sich verwöhnte, zumindest nicht persönlich.

Leider begann mein Schwanz diese Show zu schätzen.

Unbewusst beschleunigte ich die Bewegung meiner Finger.

"Langsam", befahl er und lehnte sich zurück, um mir einen Blick darauf zu geben, wo seine Finger beschäftigt waren.

Ich habe versucht, nicht hinzuschauen, aber es war zu wunderbar, um es zu verpassen.

"Ich habe einmal eine Frau hierher gebracht", sagte er verführerisch.

Ich kniff die Augen zusammen und wartete darauf, dass ihre Geschichte dort endete.

"Sie liebte das warme Wasser, das über unsere Körper floss. Mein Gott, ich liebte ihre Brüste. Sie waren so fest mit geschwollenen rosa Brustwarzen, dass sie nur darum baten, gesaugt zu werden."

Sie setzte ihre Folter fort, als ihre Hand ihr Tempo erhöhte.

Er war wieder steinhart und versuchte verzweifelt, meine Erektion davon abzuhalten, sie zu berühren.

Die Reibung könnte alles schnell beenden.

"Die Dinge, die sie mit ihrer Zunge machen konnte." Sie erinnerte sich weiter. "Als er zwischen meinen Schenkeln war, konnte ich fühlen, wie sich seine Zunge in mir krümmte und mich an Orte brachte, an die mich kein Mann jemals bringen konnte."

'Fick mich!' Ich würde kommen.

Ich dachte darüber nach, es mit Stil zu tun, mein Mitglied zu packen und die Brüste der Hündin zu entladen.

"Ich muss Herrin pinkeln gehen!" Ich schreie.

Und ich würde gleichzeitig kommen.

Sie musste mich pinkeln lassen.

Das war die Gelegenheit, die er suchte.

Gib mir ein Bad und zehn Sekunden und ich werde alles wegwerfen.

Wenn ich dann eine der nächsten zwanzig Stunden durchhalten würde, wäre es nur ein Segen.

"Mit so einem Boner wird es schwer für dich, das zu tun", sagte er und lächelte wissend.

Sie drehte ihren Körper zu mir und zog ihre Finger zwischen ihren Beinen hervor.

Sie glänzten vor Feuchtigkeit.

"Du hast mich noch nicht einmal fertig gemacht; und ich wollte dir sagen, wie wunderbar es gewesen war."

Und damit fuhr sie und ihre sadistischen kleinen Spiele mit ihren nassen Fingern über ihre rubinroten Lippen.

Unwillkürlich stöhnte ich.

Ich fiel auf die Knie und machte mit den Händen Fäuste.

"Bitte lass mich kommen", flüsterte ich.

Mein Schwanz bewegte sich von alleine.

Diese Frau könnte mich nach Belieben ans Limit treiben.

Meine Firma, mein Lebensunterhalt lag in seinen Händen.

Seine Hand traf meine Schulter hart.

Er würde die Einreichung nicht richtig wiederholen.

Fick sie.

"Du gewinnst Schlampe", sagte ich und meine Hand fuhr zu meiner Erektion.

Ich würde es gleich hier in die Dusche fallen lassen, was so gut war wie jeder andere.

Sie bewegte sich schneller als sie es für möglich hielt.

Seine Hand schoss heraus und ergriff mein Handgelenk, nicht hart, ergriff es einfach.

Gerade lange genug, um mich aufzuhalten.

"Nein", sagte sie.

Sie klang verzweifelt.

"Wir machen eine Pause. Ich bin zu weit gegangen, aber eine Pause wie beim letzten Mal wird funktionieren."

In seinen Augen war tiefe Besorgnis.

Sie versuchte nicht mich zu brechen, sie wollte nur die Kontrolle.

Wenn ich wollte, würde ich sie dazu bringen, dass ich es mache.

Mein Schwanz stieg gerade bei diesem Gedanken.

Eine Pause war keine Option mehr, die Vereinbarung wäre nichtig, ob er es wollte oder nicht.

Ich stand langsam auf und sah wütend aus.

Er warf eine Million Dollar weg und ruinierte das Leben vieler Menschen.

Da war Angst in seinem Gesicht.

Ich nahm eine Handvoll ihrer mit Shampoo bedeckten Haare, legte den Kopf zurück und trat einen Schritt vor.

Meine Lippen waren nur wenige Zentimeter von diesen begehrenswerten roten Rubinen entfernt.

"Bitte fass mich an", knurrte ich.

Ich weiß nicht, warum ich ihn gebeten habe.

Eine vor Angst zitternde Hand schlang sich um mein Glied und ich spürte, wie sich mein Inneres bewegte.

Ohne Erlaubnis verschmolz ich seine Lippen mit meinen.

Sie waren so voll und glatt, wie ich es mir vorgestellt hatte.

Meine Hüften explodierten und ich stöhnte in seinen Mund.

Ich fühlte, wie mein lang gehaltenes Sperma aus meinem Schwanz ausgestoßen wurde.

Die Erleichterung war enorm, das Vergnügen unermesslich.

Ich hatte noch nie einen so befriedigenden Orgasmus.

Jeder Teil von mir kam glücklich heraus.

Seine Lippen reagierten, als er an ihren Beinen explodierte.

Ich war im momentanen Himmel.

Es gab keinen Teil meines Körpers, der nicht vor Erhebung kribbelte.

Es war wirklich ein Millionen-Dollar-Kuss.

Ich habe den Kuss abgebrochen, als ich von den Wolken herunterkam.

Sie fiel in einem Schock auf die Knie.

"Entschuldigung, du bist zu sexy, um es zu ignorieren", entschuldigte ich mich zwischen tiefen Atemzügen.

Er wollte mehr sagen, aber er hatte eine Firma zu retten.

Ich ließ sie dort und starrte niedergeschlagen auf den Boden.

Er hatte knapp drei Stunden durchgehalten.

Er würde beim nächsten Mal jemanden mit mehr Kontrolle wählen müssen.

# KAPITEL 10

Ich hätte mich am Montag schlecht fühlen sollen.

Ich habe es nicht getan.

Er hatte beschlossen, die Vorsicht wegzuwerfen.

Ich konnte die neue Frist von 30 Tagen nicht erreichen, da meine Mitarbeiter ihr Schicksal nicht kannten.

Sie hatten zu viel getan, um mich so weit zu bringen.

Es war nicht seine Schuld, dass das Risikokapital zur Hölle gegangen war.

Ich rief eine Besprechung im zentralen Raum an.

Der Ort, an dem wir normalerweise Tische für die Weihnachtsfeiern oder für eine zukünftige öffentliche Feier aufstellen würden.

Ich schaute auf die fragenden Gesichter, nahm meinen Stolz auf und fing an.

"Ich war an diesem Wochenende in Verhandlungen, um die notwendigen Mittel zu erhalten, um das Unternehmen am Leben zu erhalten. Es hat nicht funktioniert, aber ich habe 30 Tage Zeit, um mehr zu finden."

Er hatte die Probleme des Unternehmens vor allen gut versteckt.

Die Überraschung war auf ihren Gesichtern offensichtlich.

"Ich bin zuversichtlich, dass ich die notwendigen Mittel beschaffen kann, aber wenn ich meinen Zweck nicht erfüllen würde, würde ich nicht wollen, dass Ihnen die Optionen ausgehen. Ich würde es lieben, wenn alle auf die Lösung warten, aber ich weiß, dass einige von Ihnen Familien und andere Überlegungen haben."

Ich hielt einen Moment inne, um meine Gedanken zu sammeln.

Ich hatte am Sonntag viel darüber nachgedacht und es schien schon sinnvoller zu sein.

"Ich würde es begrüßen, wenn Sie die Hälfte Ihres Arbeitstages für das Unternehmen und die andere Hälfte Ihre Optionen studieren könnten. Ich werde Ihr Gehalt in dieser Zeit nicht senken, selbst wenn Sie die Hälfte arbeiten. Zwei Wochen. Danach können unsere Kreditgeber den Gehaltsscheck annehmen. Denken Sie also daran, wenn Sie Ihre Pläne machen. Ich werde Empfehlungsschreiben unterschreiben und Ihnen gerne Referenzen geben, damit diese Erfahrung Ihre Karriere nicht trübt. "

Meine Augen wurden nass, als ich über das Verschwinden von etwas sprach, in das ich so viel von mir gesteckt hatte.

"Es tut mir wirklich leid, dass es dazu gekommen ist. Es ist nicht das, was du verdienst, aber du verdienst die Wahrheit."

Ich senkte meine Augen, weil ich sie nicht mehr ansehen konnte.

Es klang besser, als ich es am Sonntagabend rezensierte.

Janeth umarmte mich und ich fühlte mich schlechter.

Paul, unser Buchhalter, schrie:

"Ich werde hier regnen oder scheinen, Richy. Halte mich einfach auf dem Laufenden."

Es gab eine Reihe von Vereinbarungen, durch die ich mich ein bisschen besser fühlte.

"Mrs. Buttingson ist zurück, Mr. Carrington", flüsterte Janeth und zeigte auf den Besprechungsraum.

Ich sah auf und sah Virginia in ihrer strengen Geschäftskleidung, aber ohne ihre Lakaien vom anderen Tag.

Seine Augen waren fast so rot wie seine Lippen.

Irgendetwas stimmte nicht mit der Art, wie sie stand.

Es schien fast unangenehm, vielleicht weniger mächtig.

Als er sah, dass er sie gesehen hatte, ging er in den Besprechungsraum und schloss die Tür.

Ich schaute noch einmal auf die wiedervereinigten Gesichter, in denen Verwirrung und Sympathie herrschten.

"Ich komme jetzt zurück", sagte ich und ging zum Besprechungsraum.

# KAPITEL 11

Virginia ließ sich auf einen der Stühle fallen.

Alle seine kommerzielle Haltung war von seiner Haut verschwunden.

Ich hätte nicht gedacht, dass irgendetwas diese Frau beeinflussen könnte.

Zumindest nicht in der Öffentlichkeit.

"Ich möchte es noch einmal versuchen", stammelte Virginia und weinte fast.

Ihre Augen waren rot vom Weinen.

Sie litt.

Wie zum Teufel ist es so schnell zusammengebrochen?

"Virginia, meine Firma kann nicht Ihr Spielzeug sein", sagte ich mitfühlend, "es stehen zu viele Leben auf dem Spiel. Ich bin so dankbar für die zusätzlichen dreißig Tage, aber ich kann nicht alle meine Hoffnungen auf irgendeine sexuelle Leistung setzen."

Sie griff nach dem Konferenztelefon und wählte.

"Cottingcom National, wie kann ich Ihnen helfen?", Begrüßte der Operator.

"Virginia Buttingson für Mr. Smith, bitte", fragte Virginia.

Es gab eine Pause, also nahm ich Platz.

Das war die Bank meiner Firma, bei der ich den Kredit hatte.

Ich begann zu denken, dass meine dreißig Tage bald beendet sein würden.

"Guten Morgen, Mrs. Buttingson, was kann ich für Sie tun?" Fragte Mr. Smith.

"Wie ist der Status der Überweisung?" sie fragte unverblümt.

"Es wurde abgeschlossen. Eine Million wie angefordert, auf Carringtons Konto, sind bereits verfügbar", antwortete Smith.

Ich war geschockt.

Das waren fünfhunderttausend mehr als vereinbart.

"Danke Brian." Virginia legte auf und fuhr fort: "Der Deal ist ohne Bedingungen abgeschlossen."

"Was ... nein ... ich bin nicht sicher, ob ich das verstehe", stotterte ich wie ein Idiot.

"Ich habe es vermasselt. Ich möchte noch eine Chance." Sie war den Tränen nahe. "Bitte, Richy. Ich wusste nicht, was dich so beeinflusst hat. Es war nur ein Spiel." Sie wollte mir mehr erzählen. Ich fühlte es und sah es in seinen Augen. Sie hatte angst. "Nein ... ich habe nicht geschlafen, seit du mich verlassen hast. Ich war so dumm und ging voran, als du mich darum gebeten hast." Sie war unglaublich verletzlich.

"Ich glaube nicht, dass ich das wieder tun kann", sagte ich ehrlich, "ich werde ihn hassen, lieben und wieder hassen ..."

Sie unterbrach mich.

"Schau, es gibt Teile, die du geliebt hast. Wir können es wieder tun." Das klang nicht nach der Frau, die mich auf den Knien hatte und um Erleichterung bat.

"Ich bin verwirrt, Virginia." Er flüsterte ihr zu, sie solle ihre Stimme senken. Er war sich nicht sicher, wie viel außerhalb des Raumes zu hören war. "Sie schienen ihn nur zu mögen, wenn er Schmerzen hatte."

Sein Kopf fiel in seine Hände und fiel dann auf den Tisch.

Sie fing an zu schluchzen.

Ich ging um den Tisch herum und setzte mich neben ihn.

Ich war mir nicht sicher, ob meine Arme helfen würden, aber ich konnte sie nicht auf dem Tisch weinen lassen.

Ich nahm sie in meine Arme und legte ihren Kopf auf meine Schulter.

"Tut mir leid, ich bin einfach nicht für das geeignet, was du willst."

"Aber du hast mich geliebt", schluchzte er in mein Ohr.

Ich machte mir Sorgen um seinen Geisteszustand.

Er war sich nicht sicher, wie er aus den wenigen Stunden, die wir zusammen verbrachten, Liebe ableitete.

Es war fast alles ein hektisches und qualvolles Rennen von meiner Seite.

Es gab ein paar schöne Boxenstopps, aber sie waren von kurzer Dauer.

"Virginia". Ich nahm ihren Kopf von meiner Schulter und sah in ihre blutunterlaufenen Augen. "Ich habe dir nie gesagt, dass ich dich liebe."

"Nicht mit Worten. Mit deinen Händen. Niemand hat mich jemals so berührt." Sie hatte einen verträumten Gesichtsausdruck. "Diese Massage ... und als du meine Haare gewaschen hast, dachte ich, sie würde mich zum Schmelzen bringen. Warum würdest du das tun, wenn du mich nicht liebst?" Sie meinte es jetzt ernst.

"Du hast mir befohlen, das zu tun", antwortete ich.

Sie schien verwirrt zu sein, als wollte sie die Bedeutung meiner Worte erkennen und konnte nicht zwei und zwei hinzufügen.

"Aber ... aber du musstest es nicht so machen", sagte sie langsam. Er konnte fast sehen, wie sich die Räder in seinem Kopf drehten. "Ich habe gesehen, wie aufgeregt du warst. Du hast mich nicht einmal geschlagen und warst so ... bereit."

Verprügele Sie? Warum sollte er sie schlagen?

Sie hat mich geschlagen.

Ich zog mich ein wenig von ihr zurück, was ihre Augen in Panik versetzte.

"Virginia, ich mag es nicht, wer schlägt oder gewalttätig. Ich war bereit, ein bisschen zu ertragen, wegen der Leute, die du gesehen hast." Ich zeigte auf die Tür. "Ich bin mir nicht sicher, nach welcher Art von Beziehung du suchst, aber ich denke nicht, dass sie in die Form passt."

Ich habe versucht klar zu sein.

Die ganze Situation war zu surreal.

Sein Kopf fiel nach vorne.

"Ich wollte nicht, dass du gehst", sagte er leise.

"Ich habe Probleme damit, Virginia. Warum sollte ich bleiben wollen, wenn Sie bestreiten, dass mein Schmerz enden wird?"

Mir fehlten ganze Abschnitte seiner Logik.

"Die Jungs gehen immer, wenn sie fertig sind." Seine Tränen begannen zu fließen. "Du bist auch gleich danach gegangen. Ich wollte nicht, dass du gehst."

Sie schrie jetzt laut auf.

Ich war geschockt.

Ich brachte es an meine Schulter und hielt es fest.

Sie brauchte ein paar Minuten, um wieder die Kontrolle über ihr Schluchzen zu erlangen.

Aber dann wurde mir klar, dass ich mit ihr in einem Dilemma war.

Ich brauchte noch ein paar Momente, um sie sanft von mir zu trennen.

Die Frau hatte gerade mein Geschäft gerettet und wahrscheinlich einige der Leben, die außerhalb des Raumes auf mich warteten.

Er hatte keine Ahnung, mit welcher Art von Männern er zuvor zusammen gewesen war.

Sie hätten nicht zu wachsam sein können, wenn ich das Maß der Besten wäre.

Nun, sie schuldete mir die Folter und ich schuldete ihr, dass sie uns alle gerettet hatte.

"Virginia, ich würde dich gerne zum Mittagessen mitnehmen", bot ich an, als ich ihr ein Lächeln schenkte, "und dann zum Abendessen und möglicherweise zum Frühstück."

Sein Gesicht leuchtete auf.

Sie fuhr sich mit dem Handrücken über die Augen, um ihre Tränen zu trocknen.

Dies half nur, mehr Mascara zu verschmieren.

Ich versuchte nicht zu lachen, als ich die Schachtel mit den Taschentüchern vom Tisch nahm.

"Bist du sicher?" fragte er und fügte dann schnell hinzu: "Ich meine ja, das würde ich lieben."

Ich denke, sie hat beschlossen, mir auch keinen Ausweg zu geben.

Und ich hätte es nicht genommen.

"Gut. Jetzt bleib einen Moment still."

Ich schnappte mir ein Taschentuch und hielt ihr Kinn zärtlich fest.

Ich wischte ihn unter seinen Augen ab und hob mich so hoch wie ich konnte.

Er trug ein paar Taschentücher, bis ich mit meiner Arbeit zufrieden war.

Diese schönen roten Lippen lächelten wieder, als ich fertig war.

Ich habe mich dafür bestraft, dass ich ihren emotionalen Zustand ignoriert habe, aber zu meiner Verteidigung waren diese Lippen etwas Besonderes.

"Kann ich dich küssen?" Ich fragte ihn sanft.

"Oh ja", flüsterte sie.

Ich senkte meinen Kopf und brachte meine Lippen zu ihren.

Die Erinnerung an den Kuss in der Dusche verschmolz in meinem Kopf damit.

In diesem Moment verschwand alles, was uns zusammenhielt.

Es gab keine Firma, keinen Kredit, kein Geld.

Meine Lippen blieben, weil sie seine Besorgnis und seine Freude spüren konnten.

Ich bin so geblieben, weil es mir gefallen hat.

Meine Hand streichelte ihr Gesicht und bewegte sich hinter ihr Ohr, um sie tiefer zu drücken.

Sie gehorchte mit gescheitelten Lippen und einer schwankenden Zunge.

Ich fand seine bei mir, und als sich unsere Zungen berührten, hallte ein leiser Schauer durch meinen Körper.

Ich blieb so bei ihr, weil ich sie wirklich mochte.

# KAPITEL 12

Als wir endlich den Kuss brachen, fühlte ich einen Verlust.

Aber jetzt hatte er den Wunsch, sie genau dort zu ficken.

Wie zum Teufel hat mich diese Frau dazu gebracht, so schnell zu gehen?

"Das war sehr gut", sagte Virginia und begann sich vorwärts zu bewegen.

Sie wollte mehr als ich.

Ich hielt sie zurück und lächelte, damit sie wusste, dass es keine Ablehnung war.

"Draußen sind Leute", sagte ich und streichelte seinen Nacken. Sie stützte sich auf meine Hand und seufzte. "Sagen wir diesen Jungs die guten Nachrichten und ich bringe dich zum Mittagessen", schlug ich vor.

"Und warum müssen sie es wissen?" Fragte sie mit einem schockierten Gesichtsausdruck.

Ich brauchte eine Sekunde, um zu erkennen, wohin seine Argumentation führte.

Ich gab ein kleines Lachen.

"Es geht um ihre Arbeit. Sie haben nur ihre Gehaltsschecks garantiert."

Es war das erste Mal, dass er sie erröten sah.

Ihre Wangen stimmten fast mit der Farbe ihrer Lippen überein.

Es war bezaubernd.

Sie stand verlegen auf und passte ihr Outfit an.

"Ja. Natürlich", sagte sie, als sie die Kontrolle wiedererlangte.

Dann sah sie mich mit weichen Augen an.

"Sind all die Küsse, die du gibst ... so ablenkend?"

"Nur die Guten", antwortete ich.

Sie errötete noch deutlicher.

Jetzt war ich derjenige, der die Kontrolle hatte, und ich hatte nicht die Absicht, irgendjemandem etwas zu verweigern.

Gott, diese Lippen sahen so gut aus.

Ich stand auf und strich mich ein wenig glatt.

"Sind Sie bereit?" Fragte.

"Ja", antwortete sie.

Die Veränderung in ihrem Gesicht war erschreckend.

Virginia war weg und Mrs. Buttingson war zurück.

Sie war jetzt im Sitzungssaalmodus.

Ich hielt die Tür, als sie ausstieg, mit perfektem Kopf, als wir zu den noch versammelten Angestellten gingen.

Ich sah, wie Janeth sich die Seite ihres Gesichts abwischte.

Er hoffte wirklich, dass sie nicht geweint hatte.

"Es scheint, dass ich mit meinen vorherigen Aussagen sehr verfrüht war", sagte ich, während ich meine Worte mit einem Lächeln begleitete. "Frau Buttingson und ich haben uns auf eine Partnerschaft geeinigt, die dem Unternehmen genügend Mittel garantiert hat, um über das Datum hinaus Bestand zu haben." erster geplanter Start "

Es gab viel Applaus und Lächeln.

Das Lächeln sah jetzt ein bisschen boshaft aus und sie zwinkerten mir zu.

Janeths Lächeln war noch mysteriöser, als sie sich weiterhin eine Seite ihres Gesichts abwischte.

"Wir müssen einen Deal abschließen und Millionen machen", kündigte ich glücklich an.

Janeths Hand war noch hektischer und berührte ihr Gesicht.

Virginia verdrehte die Augen, als ihr klar wurde, was Janeth zu sagen versuchte.

Ich sah mit meinem hinüber

'Was?' Sagte ich achselzuckend.

Virginia griff nach einer Schachtel Taschentücher auf Pauls Schreibtisch.

Sie packte mein Kinn und verlor nie ihren kontrollierten geschäftlichen Ausdruck.

Das Taschentuch wurde rot, nachdem sie meine Lippen abgewischt hatte.

Ich errötete.

"Und Richy nimmt mich zum Mittagessen mit", verkündete Virginia.

Ich glaube nicht, dass ich mich in meinem Leben unwohl gefühlt hätte.

Die Menge lachte ein wenig, bis Virginia sich in ihrem patentierten Blick umdrehte.

"Wachsen Sie Leute auf", spottete sie.

Das Lachen wurde zu einem Kichern.

Virginias Gesicht war so rot wie meins.

Er nahm meine Hand, da es keinen Grund für die Fassade gab, und führte mich zur Tür.

"Das war peinlich", flüsterte Virginia, als wir ein paar Schreibtische hinter uns stellten.

"Es war dein Lippenstift", beschuldigte ich ihn mit einem albernen Lächeln.

"Jetzt weiß es jeder", fügte er hinzu.

Sie versuchte, ihr kommerzielles Verhalten für die Augen, die uns folgten, beizubehalten.

"Sie sind nur eifersüchtig, weil ich ein sexy Mittagessen habe", scherzte ich.

"Ein Date. Ist das ein Date?" sie fragte überrascht.

Ich fragte mich, was sie wohl dachte.

"Küsse, sexy Frau, Mittagessen. Ja, es scheint mehr als das zu sein, was für ein Date geeignet ist", antwortete ich so leise wie möglich.

Sein Lächeln wurde größer, er schlang seinen Arm um meinen und zog mich näher, als wir fertig waren.

Sie fühlte sich gut neben mir.

Ich mochte es, dass es ihr egal war, dass alle zuschauten.

Die Geschäftsfrau hatte das Gebäude verlassen.

# KAPITEL 13

Ich entschied mich für Fugui's, eine kleine italienische Pasta in der Nähe.

Es war nicht das beste Essen in der Stadt, aber manchmal war die intime Atmosphäre das Problem an diesen Orten.

Es gab einen kleinen Tisch, an dem eine große Stütze mit Säulen den Rest des Raumes blockierte.

Die Decke war niedrig, was den Nachhall verringerte und es uns ermöglichte zu sprechen, ohne wiederholen zu müssen, was gesagt wurde.

Und es war angemessen privat.

"Es tut mir leid wegen diesem Morgen, Richy", sagte Virginia, nachdem der Wein angekommen war, "ich bin es nicht gewohnt ... ich glaube, ich bin es nicht gewohnt, Menschen zu mögen."

"Komm schon, du musst ein paar Freunde haben", sagte ich fröhlich.

Der Ausdruck in seinem Gesicht sagte mir, dass das falsch war.

Ich verlor mein Lächeln und legte meine Hand auf ihre.

"Du hast jetzt einen."

Das brachte mir ein schwaches Lächeln ein.

Ich stand auf und wechselte meinen Sitz, ging zu ihr, anstatt ihr gegenüber zu sitzen.

"Das einzige, woran ich mich heute Morgen wirklich erinnere, ist der Kuss. Alles andere ist ein bisschen verschwommen."

Diese kleine Lüge brachte mir ein echtes Lächeln ein.

"Es war wirklich schön", sagte sie beruhigend, "ich habe beschlossen, nicht genug zu küssen."

Ich schürzte meine Lippen obszön und beugte mich vor.

Sie kicherte und klopfte auf meinen Arm.

"Mit Männern, nicht mit Fischen."

"Fisch muss auch geliebt werden", scherzte ich.

Der Kellner erschien mit unseren Salaten, also mussten wir eine Pause von unserem Gespräch machen.

Wir haben über unsere Firma bei den Salaten gesprochen.

Ich wunderte mich, wie überraschend schnell sein unternehmerischer Verstand war.

Es scheint, als hätte sie nur Geld verschwendet, um ein Unternehmen ohne Zukunft zu retten.

Aber in Wirklichkeit hatte sie ihre Hausaufgaben gemacht.

Sie kannte das Potenzial und die Fallstricke des gesamten Prozesses.

Sie hatte erstaunliche Verbindungen, die der ersten Veröffentlichung wirklich helfen konnten.

Als ich die leere Salatschüssel beiseite schob, wurde mir etwas klar.

"Wenn ich dein erstes Angebot nicht angenommen hätte, würdest du dann nicht mehr kaufen?" Fragte.

"Ja, aber ich wollte dich wirklich nackt sehen", sagte er mit seinem bösen Lächeln.

"Und die Million statt der Hälfte?" Ich habe gefragt

"Sie müssen wirklich an Ihren Verhandlungsfähigkeiten arbeiten. Ich dachte, Sie würden mehr verlangen, also rechnete ich mit einer Million", zuckte er mit den Schultern und fuhr fort: "Und um erfolgreich zu sein, brauchen Sie wirklich eine beträchtliche Erhöhung des Betriebskapitals für den Start. Ohne das hätte ihr Umsatz kein weiteres Jahr gedauert, während die Konkurrenten versuchen würden, Ihr Produkt zu kopieren. "

"Du hast mich gespielt", verkündete ich.

"Es ist was ich tue", gestand sie, als sie hinüber griff und hinter mein Ohr klopfte, "bist du sauer auf mich?"

Es war das erste Mal, dass sie eine sanfte Berührung initiierte.

Ich konnte die Besorgnis in ihren Augen sehen.

"Nein, ich bin sauer auf mich selbst, weil ich es nicht gesehen habe", gluckste ich, "ich war tatsächlich eitel genug zu glauben, dass es um mich ging."

"Das jetzt, aber es war nicht damals", sagte Virginia beiläufig.

Ich war überrascht von seiner Offenheit.

Ich denke, sie hatte wirklich Gefühle für mich.

Gerade als ich dachte, ich hätte ihr Stück entdeckt, ließ sie mich die Realität sehen.

"Deshalb habe ich das Geld heute früh überwiesen. Ich wollte nicht, dass du denkst, dass ich es bereits für dich aufgehoben habe."

Möchten Sie wissen, wie man einem Mann gefällt?

Es erhöht nur den Wert seiner Existenz.

Hier war der klügste Geschäftsmann, den ich kannte und der mir sagte, dass mein jahrelanger Schweiß es wert war.

Seine Einschätzung des Potenzials meines, nein, unseres Unternehmens war sogar höher als ich es mir vorgestellt hatte.

Nur neunundvierzig Prozent zu fordern bedeutete, dass ich wusste, dass meine Vision für diese Einschätzung notwendig war.

All dies und ich wussten auch, wie sie nackt aussah.

Ich überraschte sie mit einem leidenschaftlichen Kuss.

Ich fühlte, wie sie sich nervös umsah, bevor sie aufgab und mich von meiner öffentlichen Zuneigung mitreißen ließ.

Sie zwangen uns, uns zu trennen, als der Kellner das Hauptgericht brachte.

Essen schmeckt besser, wenn alles nach Ihren Wünschen verläuft.

Virginia lächelte mich an, als wir aßen.

Ich glaube nicht, dass sie genau wusste, wie sie mein Ego gestreichelt hatte.

Und das machte alles noch aufrichtiger.

"Ich werde einen anderen Lippenstift bekommen müssen, wenn du mich in der Öffentlichkeit so küsst", lächelte sie.

"Wagen Sie es nicht", sagte ich und hinterließ rote Flecken auf meiner Serviette. "Ich muss nur noch mehr Taschentücher kaufen."

Er konnte sie sich nur mit diesen begehrenswerten roten Lippen vorstellen.

Ich sah etwas in ihren Augen funkeln, als ich den Lippenstift verteidigte.

Ein Gedanke kam ihm in den Sinn, etwas, das nicht für die öffentliche Diskussion gedacht war.

Er lehnte sich in mein Ohr.

"Ich würde dich wirklich gerne nach Hause bringen und nicht ablehnen", flüsterte sie mit einem bösen Lächeln.

Bei seinen Worten floss schnell Blut in meinem Körper.

Ich fühlte seine Hand auf meinem Schritt.

"Ich würde gerne sehen, was ich mit dir machen kann."

"Schau es dir bitte an!" Ich sagte vielleicht etwas zu laut.

Aber wie gesagt, es war nicht das beste Essen in der Stadt.

# KAPITEL 14

Ich fuhr Virginia in meinem Auto nach Hause.

Sie hatte gesagt, dass sie dafür sorgen könnte, dass ihre morgen abgeholt wird.

Ich glaube, sie war mehr daran interessiert sicherzustellen, dass mein Interesse nicht nachließ.

Sie war nicht übermäßig aggressiv, nur ein paar einfache Streicheleinheiten und ein bisschen Kuscheln in mich, um sicherzugehen, dass ich wusste, dass sie neben mir war.

Ich fand die Aufmerksamkeit, die er mir schenkte, sehr attraktiv.

Mein Interesse ließ nicht nach.

Als wir ihr Haus betraten, schleppte Virginia mich direkt in ihr Zimmer.

"Setz dich", befahl er und zeigte auf das Bett.

Sie benutzte ihre bösartige Stimme, die mich ein bisschen irritierte.

Ich entschied mich stattdessen mit einem mürrischen Gesicht zu stehen.

Sie lächelte.

"Bitte hinsetzen."

Dies war wieder ihre freundliche und liebevolle Stimme.

Ich setzte mich schnell auf.

Sie packte meinen Fuß und zog meinen Schuh und meine Socke aus.

Wiederholte sie mit dem anderen Fuß.

Mit seiner böswilligen Stimme befahl er: "Gürtel."

Sie streckte ihre Hand aus und wartete darauf, dass ich nachkam.

Ich hätte seiner bösartigen Stimme widerstehen können, aber ich mochte, wohin die Dinge gingen.

Ich knöpfte es auf und zog es durch die Ösen heraus.

Sie nahm den Gürtel und legte ihn auf den Stapel meiner Schuhe und Socken.

Virginia schob mich auf das Bett, so dass ich auf meinen Rücken fiel und den Knopf öffnete und die Vorderseite meiner Hose öffnete.

"Sag nichts", befahl sie und ich gehorchte.

Sie zog meine Hose zusammen mit meinen Boxershorts aus und fügte sie dem wachsenden Haufen hinzu.

Ich war zu diesem Zeitpunkt halb aufgeregt.

Er war sich nicht sicher, was er vorhatte und hatte ein wenig Angst, dass er versuchen würde, zu seinen hinterhältigen Wegen zurückzukehren.

Er ging zu seiner Kommode und schnappte sich eine kleine goldene Röhre.

Er legte es zwischen meine Beine, zog seine Jacke aus und ließ es auf den Boden fallen.

Lächelnd knöpfte sie ihre Bluse auf und ließ sie ebenfalls auf den Boden fallen.

Ihr Spitzen-BH folgte schnell.

Mein Schwanz zeigte gerade etwas mehr Leben.

"Ich habe vor, mich an diesem Wochenende für meine Handlungen zu entschuldigen." Virginias Gesicht war bedauerlich. "Ich hoffe, du kannst mir verzeihen."

Er wollte gerade etwas sagen, was nicht nötig war, als sie die Kappe von der Goldröhre entfernte und ihr rubinroter Lippenstift erschien.

Als ich sah, wie sie ihre Lippen wieder gekonnt bedeckte, wurde meine Erregung deutlicher.

Er rieb sich die Lippen und sah mich an.

Ihre Lippen leuchteten rot, heller als je zuvor.

"Ich habe vor, meinen Mund zu benutzen", seufzte er.

"Oh Scheiße" war alles was ich sagen konnte.

Meine Erektion pochte und ich war jetzt angespannt, als ich schweigend betete, dass dies nicht einer seiner Tricks war.

Sie lächelte über meine Erektion.

"Ich würde dir das gerne antun", sagte sie, als sie auf die Knie fiel.

Ihre Lippen ein paar Zentimeter von meiner Männlichkeit entfernt, schlang sie ihre Hand um das Mitglied.

Ich spürte den Puls meines Schwanzes, als sie mit ihrer Zunge über die Unterseite fuhr und sie um die Krone drehte, wobei ihre Hand sie einfach als Leitfaden benutzte.

Als diese Lippen meine Erektion umkreisten, verschwanden alle Gedanken, die ich an Misstrauen hatte.

Diese gleitenden rubinroten Lippen erzeugten eine visuelle Euphorie.

Ich hatte das in meinem Kopf gesehen und die Realität war unendlich angenehmer.

Virginias Lippen teilten sich von meinem Schwanz.

Sie schürzte die Lippen und küsste liebevoll die Spitze.

Meine Schenkel spannten sich an, um sich nicht zu bewegen, sie fortfahren zu lassen, um zu halten.

Aber meine Schenkel versagten.

Diese Lippen schlangen sich wieder um mich und nahmen mich tiefer.

Ich konnte fühlen, wie seine Zunge drückte und leckte.

Ich wollte ihn warnen, ihm die Möglichkeit geben, langsamer zu werden, aber ich kam zu hart und zu schnell.

Meine Hüften hoben sich, als ich seinen Namen rief.

Sie senkte ihre Lippen und saugte an mir, als ich in ihr ejakulierte.

Die Gedanken hörten auf, als das Vergnügen meinen Körper durchbohrte.

Virginias Wangen sanken, als sie meinen Schwanz tiefer in ihren Mund schob und mich mit meinem Vergnügen umgehen ließ, ohne mich schuldig zu fühlen.

Sie wollte das für mich.

Virginia küsste meinen gesättigten Phallus.

Sein Kuss gab mir direkt auf die Spitze meines Mitglieds

Sie wusste, was sie getan hatte, und sie lächelte dieses böse, verschlagene Lächeln.

Ich konnte diese Kontrollprobleme in seinen Augen schwimmen sehen.

Er tat es ohne die Peitsche, aber er hatte mich genau dort, wo er wollte.

Diesmal würde sie keine Beschwerden von mir bekommen.

"War das mehr nach deinem Geschmack?" Fragte er und wusste bereits die Antwort.

"Ja, Herrin", antwortete ich spielerisch.

Ich liebte das Lachen, das es in ihr erzeugte.

Er schlug auf meinen Oberschenkel, zog ihren Rock hoch und kletterte auf mich.

"Wirst du bleiben?" Fragte Virginia mit einem gezwungenen Lächeln.

Ihre vorherigen Kommentare kamen zu mir zurück.

Er konnte nicht glauben, wie emotional schwach eine so starke Frau sein konnte.

Dann wurde mir klar, wie viel Risiko sie eingegangen war.

In seinen Augen war Angst, die Angst umgab.

Ich hielt meine süße sarkastische Antwort zurück und hielt an der Wahrheit fest, die ich für sie empfand.

"Ja", antwortete ich in aller Ernsthaftigkeit, "ich hatte gehofft, Sie würden mich die Nacht hier verbringen lassen."

Ich sah seine tränenden Augen, bevor seine Lippen meine erstickten.

Ich konnte fühlen, wie ihr Körper zitterte, als wir uns küssten.

Ich umarmte sie fest und wollte ihre unbegründeten Ängste unterdrücken.

Ich dachte wirklich, das wäre eine nette Therapie für sie.

Nicht mehr.

Ich mochte sie in meinen Armen.

Ich mochte es, dass sie mich brauchte.

Sie war schlauer als die Hölle, aber zerbrechlich wie das feine Porzellan in ihr.

Ich mochte sogar, dass das Kontrollfeuer in ihr brannte.

Sie war ein sehr sexy Rätsel.

Mein Rätsel.

Ich drehte sie auf die Seite, ihre Brüste an meiner Brust.

Ich schob ein paar widerspenstige Haare aus seinen Augen und hinter sein Ohr.

Sie zuckte bei meiner Berührung zusammen, was ich selbstsüchtig als angenehm empfand.

"Ich möchte deine Haare fertig waschen", sagte ich beiläufig, während ich meine Hand durch ihre braunen Locken fuhr.

Sein Lächeln war ehrlich.

"Das würde mir auch sehr gefallen", flüsterte sie.

Ich konnte die Emotionen in seinen Augen sehen.

Sie dachte an nassen Sex aus dem Duschstrahl.

Aber im Moment war das Shampoonieren nur eine Ausrede, um mir Zeit zu geben, mich zu erholen.

Zum Glück fand sie den Vorschlag auch angenehm.

# KAPITEL 15

Virginia versuchte mir zu zeigen, wie man die Duschsteuerung bedient.

Es hat Spaß gemacht, sie zärtlich zu berühren, während ich versuchte, es mir zu erklären.

Sie bemerkte, dass ich ihre Gedanken aus den Augen verlor, aber sie tadelte mich nie und versuchte mich nicht aufzuhalten.

Als sie glücklich aufgab, war ich fast so ahnungslos wie zu Beginn.

Ich bezweifelte, dass er mich jemals alles kontrollieren lassen würde.

Diesmal habe ich es gut gemacht.

Ich hatte Virginia auf dem Rücken liegen, entlang der erwärmten Bank, und am Ende hing ihr Kopf über meinen Schenkeln.

Die Dusche hatte einen wunderbaren abnehmbaren Duschkopf, der in einer Art weichem Nebel ausgestoßen wurde.

Ich tränkte sanft ihre Haare, während ich meine Augen schloss.

Es war wunderbar, sie auf meinem Schoß zu haben, als ich das Shampoo auftrug.

Sie machte einige wundervolle, halb stöhnende Geräusche, als sie die blumenduftende Substanz in ihr Haar einarbeitete.

"Als wir das letzte Mal hier waren, hast du mir von einem Mädchen erzählt", schlug ich die Geschichte vor.

Virginia öffnete die Augen und sah mich seltsam an.

"Interessieren Sie sich jetzt für Lydia?" Sie fragte.

"Also war sie echt?" Ich fragte nach.

Virginia versuchte sich ein bisschen aufzusetzen, also drückte ich sie sanft und machte mich an die Arbeit an ihrem Nacken.

Sie entspannte sich wieder.

"Ja. Wir besitzen zusammen ein sehr beliebtes Restaurant", fuhr sie fort, "würden wiederkommen, wenn ich fragen würde. Ist das etwas, was Sie möchten?"

Das war eine Überraschung und traf mich mitten auf den Kopf.

Er deutete nur auf eine heiße Geschichte hin, aber dies war ein faszinierendes Angebot.

Das war eine Fantasie, von der er nie gedacht hatte, dass sie real werden könnte.

Natürlich gab es in meinen Träumen immer wieder einen One-Night-Stand mit zwei Frauen, von dem ich dachte, ich würde ihn nie wieder in der Realität sehen.

Ich weiß nicht, ob ich mich sehr wohl fühlen würde, eine Orgie mit Leuten zu haben, die ich kenne.

"Ich glaube nicht, dass ich dich mit jemandem teilen möchte", sagte ich vorsichtig, "würdest du mich als Heuchler betrachten, wenn ich es wissen wollte?"

Er klang dumm, als er herauskam, aber ich denke, er hat es verstanden.

"Willst du etwas über sie oder nur die schmutzigen Teile wissen?" Sie lächelte, als ich ihre Schätze massierte.

"Nur die schmutzigen Teile." Ich lächelte zurück.

Das gab mir ein Kichern als Belohnung, gefolgt vom Erzählen einer sehr schmutzigen Geschichte.

Ich habe mich unterhalten, Erotik zu lesen.

Aber das war nichts im Vergleich zu meiner Aufregung, als ich hörte, wie Virginia vorbehaltlos ihren Duschurlaub mit Lydia beschrieb.

Sie ließ nichts unbeschrieben und ich atmete schwer, als sie meine Haare spülte.

Ich bin mir ziemlich sicher, dass einige Teile verschönert wurden, aber ich habe sie als Tatsache akzeptiert.

Ich war wieder der Mann aus Stahl.

"Schau, was meine Geschichte dir angetan hat", prahlte Virginia.

Sie streichelte sanft meine Erektion.

Sie stand mit einer Idee in den Augen auf.

"Bleib so", befahl er und gab eine Reihe von Befehlen auf dem Bedienfeld ein.

Warten.

Er fing an, sich daran zu erfreuen, dass sie herrisch war, zumindest wenn es am Ende keine Verleugnung und keinen Schmerz gab.

"Mehr als ein Gefühl" hallte durch die Lautsprecher, als sich der große zentrale Duschkopf bewegte, um mich sanft mit warmem Wasser zu bedecken.

Sie ging vor mir zurück und blockierte einen Großteil des Sprays.

"Aber es ist Zeit für eine neue Geschichte."

Seine Stimme war leise und verführerisch.

Diese Stimme versprach alles.

Virginia legte vor mir ein Knie zu beiden Seiten von mir und senkte ihre Hüften auf meine.

Ich schob meinen Hintern an den Rand der Bank, um es einfacher zu machen.

Sie stellte sich zwischen meine Beine und führte meinen Schwanz zu ihrer Öffnung.

Das Wasser lief über ihre Schultern und über meine Brust, als sie sich an mich lehnte.

Er ließ meinen Schwanz los und stöhnte, als er seinen Abstieg beendet hatte.

Ich wiederholte seinen Ton.

Virginia legte ihre Finger hinter meinen Nacken und brachte ihre Lippen an mein Ohr.

"Es ist lange her, dass ich einen Mann in mich hineingelassen habe", flüsterte sie laut.

Gott hilf mir, das hat mir sehr gut gefallen.

"Es ist himmlisch", sagte ich und stürzte mich dann.

Es kam aus meinem Mund, ohne zu denken: "Herrin."

Diesmal hatte er es nicht in einem scherzhaften Ton gesagt, wie er es zuvor gesagt hatte.

Diesmal war er aufrichtig.

Sein Becken blieb stehen und er sah mir in die Augen.

Ich sah Angst in ihrer.

"Ich will dich nicht verlieren", machte er sich Sorgen.

Ich hatte keine Ahnung, wohin das führen würde.

Ich wusste nur, dass ich mich gut fühlte.

Sehr gut.

Und ich wollte, dass sie sich auch gut fühlt.

Ich wollte mich gut mit ihr fühlen.

"Dann lass mich kommen", sagte ich mit einem teuflischen Lächeln und fügte hinzu, "Herrin."

Ihre Augen leuchteten auf und ihr Lächeln wurde unanständig, als die Konsequenzen dessen, was ich sagte, sie erhitzten.

Sie wollte mir gefallen.

Sie würde uns gefallen.

Ich fühlte, wie ihre Hände meine Haare packten und meinen Kopf zurückzogen, als ihre Muschi um meinen Schwanz stieg und fiel.

Seine Lippen wurden auf meine geschlossen, als er mich nahm.

Virginias Augen brannten vor Geilheit.

Das hat mich gefüttert, obwohl ich nicht in der Lage war, viel zu helfen.

Der Griff um meine Haare wurde fester und zog fester.

Ich hatte keine Ahnung, warum es mir gefiel oder warum sie es gern tat.

Ich wusste nur, dass wir es getan haben.

Sie brach ihren heftigen Kuss und zog mein Ohr an ihre Lippen.

"Wir werden zusammen dorthin gelangen", erklärte er intensiv, "zusammen, verstehst du?"

Ich fühlte, wie mein Schwanz mit ihrer Frage wogte.

Er war sich nicht sicher, ob er noch viel länger warten konnte.

"Ich werde es versuchen, Herrin", stotterte ich, als Virginias unglaublicher heißer Läufer mich vor Vergnügen würgte.

Er wusste, dass sie fühlen konnte, dass er bereit war zu explodieren.

Vielleicht war die schmutzige Geschichte keine gute Idee.

Er war etwas heißer als sie.

"Es ist keine Option", erklärte er.

Seine Hüften hielten beim Abschlag an und er fing an, sein Becken in mich zu reiben.

Ich fühlte, wie mein Schwanz neue Stellen in ihr berührte.

Ich war am Rande der Ekstase.

Wenn wir nicht mit Wasser bombardiert worden wären, hätte Schweiß meinen ganzen Körper bedeckt.

Mein Atem war beschwerlich.

Ich spürte, wie sein Becken unwillkürlich zuckte und seine Hand wieder fester auf meinen Haaren wurde.

Beim zweiten Schütteln schrie sie: "JETZT!"

Ich wurde weggetragen.

Die Intensität, kombiniert mit dem Schmerz, war atemberaubend.

Virginia wurde von meinen Haaren gehalten, als Wellen des Vergnügens durch ihren Körper strömten.

Jeder Ruck seiner Hüften drückte einen weiteren Milchschwall in sie hinein.

Wir waren in perfekter Übereinstimmung, schmerzhaft und glückselig.

Virginia ließ meine Haare los und fiel fast wieder auf den Boden.

Ich fing sie rechtzeitig auf und zog sie in meine Arme, mein Schwanz war immer noch tief in ihr vergraben.

Ich hatte keine Ahnung, woher sein Wunsch kam, mich zu kontrollieren.

Ich wusste nur, dass ich es liebte.

In einer seltsamen Gegenüberstellung packte ich ihre Haare und nahm einen Kuss von ihren Lippen.

"Das war fantastisch!" Sagte ich energisch.

Seine schläfrigen Augen trafen meine.

"Ja, es war wunderbar", sagte sie und lächelte dann, "Meister."

Sie fiel in meine Arme und ich hielt sie im heißen, dichten Regen.

# KAPITEL 16

Das Abendessen war eine kleine intime Angelegenheit.

Nur wir beide, zusammengekauert auf der Couch mit chinesischem Essen, das wir bestellt hatten.

Wir waren mit einer passenden rosa Plüschdecke bedeckt.

Virginia passt viel besser zu diesem Stil als ich.

Pink ist nicht meine Lieblingsfarbe.

Wir haben einen John Wayne-Film gesehen, einer seiner ersten in Farbe, glaube ich.

Obwohl es im Grunde Hintergrundgeräusche waren, während wir aßen, plauderten und lachten.

Virginia öffnete eine Flasche Wein und wir unterhielten uns weiter.

Wir haben kein Wort über Kameradschaft oder Sex gesagt.

Es ging nur darum, sich kennenzulernen.

Ich habe es geliebt und war erstaunt, dass ich es nur für mich haben konnte.

Er hatte einige sehr seltsame sexuelle Grenzen mit ihr überschritten.

Jetzt wusste er mehr über mich als jeder andere auf der Welt.

Ich glaube, ich bin der einzige, der etwas über das feine Porzellan-Interieur weiß.

***

Schlafenszeit brachte mehr.

Mehr von uns.

Er wartete im Bett auf sie.

Er hatte Pläne, Gebotspläne.

Ich wollte mit Erinnerungen an ihre Weichheit schlafen gehen, ihre Hingabe an meine langsame Liebe.

Sie verließ nervös das Badezimmer.

Ich glaube, er wäre fast zurückgekommen, aber dann hat er beschlossen, zu meiner Seite des Bettes zu kommen.

Ich streckte meine Hand aus und fragte mich, woher seine Angst kam.

Als sie ihre Robe fallen ließ, sah ich ihre Angst.

Über ihrer linken Brust, über ihrem Herzen hatte sie 'Richy's' in rubinrotem Lippenstift geschrieben.

Was aus mir herauskam, war die Wahrheit.

"Ich liebe dich auch", stimmte ich zu.

Ich glaube, sie hielt bis zu diesem Punkt den Atem an.

Sie fiel in meine Arme und ich zog sie zu mir.

Ich war der Kleber für sein feines Porzellan.

***

Virginia war anfangs viel besser als jeder Wecker.

Das Kichern und das Knabbern an meinem Ohr waren eine wundervolle Art aufzuwachen.

Es gab nur keine 5-Minuten-Wiederholungstaste.

Sie war eine Morgenperson.

Ich bin ein langsam wachender Typ.

Normalerweise dauert es drei oder vier Mal, bis ich endlich aufgebe und aufstehe.

Virginia war bereits gebadet und angezogen und die ersten Sonnenstrahlen waren noch nicht einmal durch das Fenster gekommen.

Ich drehte mich um und ging von seinem schönen Angriff weg.

Vielleicht würde sie mir noch zehn Minuten geben.

Die Decken und Laken verschwanden plötzlich vom Bett.

Meine Hitze verschwand und ich rollte mich zu einer Kugel zusammen.

Ich hörte das Summen, bevor der Juckreiz meinen Arsch traf.

Ich stand auf, um mich zu schützen, und sah sie unschuldig und lächelnd mit den Händen hinter dem Rücken.

"Du hast mich geschlagen", beschuldigte ich mich.

Sie trat einen Schritt zurück und ihre schönen roten Lippen lächelten.

Ich stand auf und trat drohend vor.

Ich wollte die Peitsche an ihrem Hintern testen, um zu sehen, wie sie es mochte.

"Sie müssen eine Firma leiten, Herrin", sagte er und trat einen weiteren Schritt zurück.

Ich sah auf meine Uhr und erinnerte mich, wo ich war.

Er würde wahrscheinlich zu spät kommen.

Rache würde warten müssen.

"Scheiße", gab ich zu und ging schnell zur Dusche.

Es roch nach Virginia.

Ich wünschte, ich hätte mich mit ihr suhlen können, aber zu spät zu kommen und auch nach Sex zu riechen, schien keine gute Idee zu sein.

Jetzt wurde mir klar, dass ich nicht wusste, wie das Ding funktioniert.

Ich habe ein paar Knöpfe ausprobiert, aber ich konnte das Wasser nicht aus der Dusche bekommen.

30 Sekunden später musste ich meinen Stolz schlucken.

"Wie zündest du dieses verdammte Ding an?"

Ich schrie.

Sein Lachen war sowohl nervig als auch wunderbar.

# KAPITEL 17

"Ich möchte Sie heute Abend zum Abendessen einladen", sagte Virginia vom Beifahrersitz aus.

Sie hatte beschlossen, mit mir zurückzukehren, um ihr Auto zu holen.

"Und ich will sehen, wo du lebst."

Die Geschäftsfrau war zurück.

Du hast dieses Mädchen in einen Bleistiftrock und eine Jacke gesteckt und plötzlich glaubt sie, sie könne die Welt regieren.

Er kannte sie bereits gut genug, um zu verstehen, dass sie wirklich fragte und nicht forderte.

"Mein Haus ist ein Schweinestall im Vergleich zu deinem", warnte ich ihn.

Ich versuchte mich zu erinnern, wie schmutzig es war.

Ich konnte mich nicht erinnern, wann ich das letzte Mal gut geputzt hatte.

"Das ist okay. Ich habe vor, dort sehr schmutzig zu sein", sagte sie und lächelte dann.

Meine Gedanken wurden schneller und ich fühlte eine kleine Rückkehr von der Hitze der Nacht zuvor.

"Mrs. Buttingson, markieren Sie Ihr Territorium?" Ich habe gescherzt.

Aber sie nahm es wirklich ernst.

"Ja, ich denke ich bin", antwortete sie.

Ihr rubinrotes Lächeln war köstlich.

"In diesem Fall nehme ich Ihre Einladung zum Abendessen an."

Ich liebte die Idee, dass sie mich beansprucht.

Normalerweise würde ich mich überfordert fühlen.

Aber mit Virginia wusste er, dass es nur sein Bedürfnis war, es zu kontrollieren, aber er verstand, dass es zerbrechlicher war als er sagte.

Oder vielleicht wollte er mich nur auf mehr als eine Weise verprügeln.

***

Janeth lächelte mich seltsam an, als ich an ihrem Schreibtisch vorbeiging.

Er stand auf, folgte mir in meine Kabine und lächelte, als ich mich umdrehte, um zu sehen, was er wollte.

"Hatten Sie letzte Nacht eine gute Zeit, Mr. Carrington?" Fragte sie mit wissenden Augen.

Die Frage war mir etwas peinlich. War ich so transparent?

"Ich bin nicht sicher, ob ich weiß, was du meinst", sagte ich unschuldig.

Ich griff nach einem Stück Papier auf meinem Schreibtisch und hoffte, es würde das unangenehme Gespräch passieren lassen.

"Darf ich?" Fragte er und hielt ein Taschentuch hoch, das er mitgebracht hatte.

Ich bin sicher, ich wurde rot, als ich mit dem Kopf nickte.

Sie packte mein Kinn wie eine besorgte Mutter und wischte mir den Lippenstift von der Wange.

Ich musste wirklich dringend ein paar Taschentücher besorgen.

"Gleiche Kleidung und unrasiert", lächelte er, als er mein Kinn losließ. "Ich glaube nicht, dass er letzte Nacht nach Hause gekommen ist."

"Sind alle Frauen so aufmerksam?" Ich fragte in meiner freundlichen Luft.

"Nur diejenigen, die sich um Sie kümmern, Mr. Carrington", antwortete sie mit einem Augenzwinkern.

Er drehte sich um und ging zurück zu seinem Schreibtisch.

Wenn es einen Grund gab, dieses Unternehmen zum Laufen zu bringen, war es da.

Er musste sie mit Geld in der Tasche sehen und sich nicht im geringsten Sorgen machen, ob einer ihrer Söhne nach Harvard aufgenommen würde.

Ich habe den Rest des Tages hart gearbeitet.

Jetzt, da ich mich nicht mehr um Kapital kümmern musste, war der Tag tatsächlich sehr produktiv.

Ich begann die Ideen umzusetzen, über die Virginia und ich gesprochen hatten.

Die meisten schienen jetzt offensichtlich zu sein, da sie einen Tag lang in meinem Kopf waren.

Sie hatte wirklich einen idealen Kopf fürs Geschäft.

Ich ging durch das Büro, sprach mit allen und versicherte ihnen unsere Stabilität.

Ich bekam mehr als ein paar lächelnde Blicke, die mich wissen ließen, dass sie mir vertrauten.

Ich gab Ralph grünes Licht, um einen Assistenten einzustellen.

Ich dachte, der Mann würde mich umarmen.

Ich habe es getan, um die Dinge zu beschleunigen und um die Sicherheit zu gewährleisten, falls Ralph etwas passiert.

Er dachte, er würde es tun, um seine überwältigende Arbeitsbelastung zu verringern.

Da ich egoistisch war, ließ ich ihn denken, dass seine Version korrekt war.

***

Janeth legte am Ende des Nachmittags auf.

Sie brachte eine Notiz mit einem weiteren ihrer seltsamen Lächeln an meinen Schreibtisch.

"Sie ist ein bisschen herrisch, aber ich glaube nicht, dass es dich interessiert, oder?", Sagte er und gab mir die Notiz.

Die Notiz enthielt den Namen eines Restaurants, 'The Meet', eine Adresse und eine Stunde um sieben Uhr.

Wie hat Janeth Virginia so schnell entdeckt?

"Hast du es aus einer Reservierung für ein Abendessen herausgefunden?" Fragen Sie ungläubig

"Wir haben mehr als dreißig Minuten geredet." Janeth unterdrückte ein Kichern. "Ich kann nicht auflegen. Ich mag sie trotzdem." Ich lächelte bei Janeths Einschätzung.

"Ich mag ihn auch", stimmte ich zu, "ihr zwei erzählt keine Geschichten über mich, oder?"

Ich war mir sicher, dass Virginia unsere Vereinbarungen privat halten würde.

Ich hatte Angst, dass meine Charakterfehler die Quelle des gemeinsamen Spaßes sein könnten.

Ich wollte nicht den ganzen Tag im Büro herumlaufen.

"Ich glaube, er hat mich gebeten, ein Spion zu sein." Janeth sah zufrieden aus. "Halten Sie Ausschau nach Wettbewerben und Berichten. Sie mag Sie wirklich."

Ich wurde rot

"Sind alle Frauen so faszinierend?" Fragte.

"Nur diejenigen, die sich um Sie kümmern, Mr. Carrington", antwortete sie mit einem Augenzwinkern. "Ich schlage vor, du gehst früh und räumst auf. Das schwarze Hemd, das du vor einer Woche getragen hast, sieht für diesen Anlass sehr gut aus."

Ich fragte mich, ob das Janeth oder Virginia war.

"Janeth?" Ich fragte mit einem falschen finsteren Ton.

"Ja, Mr. Carrington?" Fragte sie lächelnd.

Ich konnte nichts aus ihrem Blick ableiten.

"Nenn mich Richy", sagte ich fest.

Auch das könnte unsere Gespräche erleichtern.

Obwohl ich dachte, das schwarze Hemd ließ mich albern aussehen.

"Danke, Richy", lächelte sie, als sie lächelnd zu ihrem Schreibtisch ging.

Sekretär, Experte für Spionage und Mode.

Ich war in guten Händen.

# KAPITEL 18

Ich war gerade rechtzeitig, als ich 'The Meet' betrat.

Ich hätte nicht gedacht, dass ich es schaffen würde.

Das Parken war schwieriger gewesen als erwartet.

Das Restaurant befand sich in einem alten Teil der Stadt, der gebaut wurde, bevor das Auto die Nation übernahm.

Am Ende wartete ich auf den Parkservice.

Wie erwartet wartete Virginia am Tisch.

Sein Lächeln war echt und sehr willkommen.

Es war ein öffentlicher Ort, also entschied ich mich dafür, nur ihre Wange zu küssen.

"Du siehst gut aus", kommentierte Virginia.

Ich habe mich dafür bestraft, dass ich nicht zuerst etwas gesagt habe.

"Danke. Sieht so aus, als hätte ich einen neuen Modeberater bei der Arbeit", kommentierte ich verschwörerisch.

"Ich mag Janeth wirklich", lächelte Virginia, "sehr organisiert und scheint dich gut zu kennen."

"Nun, du kannst froh sein zu wissen, dass sie dich auch gutheißt." Ich lächelte. "Ich fange an zu glauben, dass ich behandelt werde."

"Alle Männer werden behandelt, Schatz." Virginias Augen leuchteten. "Einige mehr als andere."

Seine Hand fand meinen Oberschenkel unter dem Tisch, etwas höher als politisch korrekt.

Sie zog seine Hand nach einem zarten Druck zurück, der später interessante Dinge versprach.

"Habe ich erwähnt, wie schön du bist?" Ich fand seinen Griff etwas aufregender als ich berechnet hatte: "Ich würde dich jetzt gerne nach Hause bringen und diese roten Lippen verschlingen."

Ich ließ sie in der Öffentlichkeit rot werden.

Seine Hand kehrte zurück und höher in Richtung meines Schrittes.

Sie nahm es ab, als sie meine Erregung spürte.

„Oh, ich liebe es, dass ich es geschafft habe, dir das anzutun." Und dann erschien die Geschäftsfrau. "Erst Abendessen, dann Dessert", befahl er fest.

Er konnte warten, wenn er musste.

Plötzlich änderte sich ihr Gesichtsausdruck und sie legte schnell ihre Handfläche gegen meine Wange. "Wenn es nicht dringend ist, meine ich ... ich will nicht ... weißt du, es tut weh."

Seine Besorgnis war offensichtlich.

Ich sah seine Besorgnis, seine Angst wurde durch unseren ersten gemeinsamen Tag bestätigt.

Ich habe das Publikum vergessen.

Ich brachte diese rubinroten Lippen näher zu meinen und stellte sicher, dass sie wusste, dass hier kein Risiko bestand.

Sie verschmolz mit mir.

Er konnte fühlen, wie seine Erleichterung und Kontrolle zurückkehrten.

"Erst Abendessen, dann Dessert", flüsterte ich, als ich den Kuss brach.

Ich liebte den Blick in seinen Augen.

Das hat dich erwischt.

Ich wusste, dass dies eine unvergessliche Nacht werden würde.

***

Ich war plötzlich überrascht, dass eine Frau unsere Zuneigung beobachtete.

Eine ziemlich gut gekleidete reife Blondine, die mit offenem Mund und Verwirrung in den Augen auf der Tischkante steht.

Sie war nicht wie eine Kellnerin gekleidet.

Virginia lachte und schnappte sich schnell eine Serviette, um den Lippenstift von meinen Lippen zu wischen.

Dies schien die Frau noch mehr zu überraschen.

"Richy, das ist Lydia. Mein Partner in dieser wunderbaren Zugabe, von der ich dir erzählt habe", sagte Virginia mit einem verdrehten "Rule the World" -Lächeln. "Lydia, das ist Richy."

Ich denke, sie wollte am Ende ihrer Präsentation noch etwas hinzufügen.

Aber sie überlegte es sich besser und beendete den Satz so.

Meine Gedanken flackerten immer wieder bei den Visionen von Lydia zwischen Virginias Beinen.

Ein Rivale störte mich.

"Hallo Lydia", sagte ich, ohne von meinem Platz aufzustehen.

Sie war schockiert genug, um den wütenden Kampf, den sie hatte, nicht zu sehen.

"Schön dich kennenzulernen, Richy." Lydia ließ es fast wie eine Frage klingen. "Virginia, du hast mir nicht gesagt, dass du einen Gast mitgebracht hast."

Lydias Überraschung begann sich zu verflüchtigen und wurde durch ein aufrichtiges Lächeln ersetzt.

Sie schaute weiter zwischen Virginia und mir hin und her und versuchte offensichtlich, uns herauszufinden.

Virginia ignorierte seinen Kommentar.

"Richy, warte, bis du das Essen dieser Frau probierst", beharrte Virginia mit Stolz auf ihre Stimme, "es wird dir das Wasser im Mund zusammenlaufen lassen. Die beste Investition, die ich je getätigt habe."

Die Aussage schien Lydia wieder in den Schockmodus zu versetzen.

Sie schien es nicht gewohnt zu sein, Virginia zu loben.

Das war also das Restaurantgeschäft der beiden.

"Ich freue mich darauf."

Ich versuchte mich nicht merklich in meinem Sitz zu bewegen.

Meine Hose war plötzlich unbequem.

Virginia würde dafür teuer bezahlen.

Ich versprach, jeden Moment meiner Rache zu genießen.

Ich fragte mich, ob Virginia die Länge von Lydias Zunge übertrieben hatte.

"Ich werde den Kellner finden, der für diesen Tisch verantwortlich ist." Lydias Gelassenheit kehrte zusammen mit ihrem einladenden Lächeln zurück. "Und sehen Sie, ob ich das Kochen etwas beschleunigen kann."

"Danke, Lydia", sagte Virginia und klang fast so, als würde sie sie entlassen.

Lydia suchte den Kellner auf.

"Das war besonders schlimm", sagte ich.

"Ich dachte, Sie brauchen vielleicht einen Kontext. Eine Geschichte ohne Kontext ist nur eine Geschichte", erklärte Virginia.

"Dir ist klar, was ich dir antun werde, wenn wir alleine sind ...", drohte ich.

"Ich zähle darauf", überlegte Virginia, "ich habe beschlossen, dass ich heute Abend vergewaltigt werden möchte. Wenn es zu viel für dich ist, könnte ich dich jetzt sofort ins Hinterzimmer bringen."

Sie war absolut ernst.

Ich denke, diese Sache mit Verleugnung und Schmerz würde uns für eine Weile belasten.

Solange ich wusste, dass das Ende in Sicht war, konnte mein Drang unterdrückt werden.

"Oh nein. Die Planung wird einige Zeit dauern", scherzte ich, "Entrückung ist eine Kunst, keine Wissenschaft."

Ich glaube, ich habe gesehen, wie sie sich ein bisschen windete.

Vielleicht war ich nicht der einzige mit einem peinlichen Gedanken.

***

Das Abendessen war so gut wie Virginia beschrieben hatte.

Ich hatte den leckersten gegrillten frischen Zackenbarsch, den ich je auf einem Bett aus Kohlgrün hatte.

Es schmolz praktisch in meinem Mund.

Lydia schickte den perfekten Wein an den Tisch, um unser Essen zu begleiten und den Anlass zu vervollständigen.

Virginia und ich unterhielten uns, lachten und genossen uns.

Ich war gern mit dieser Frau zusammen.

Kurz vor dem Ende des Essens entschuldigte sich Virginia, auf die Toilette zu gehen.

Er war nur ein paar Sekunden weg, als Lydia schnell auf Virginias Platz rutschte.

"Was hast du mit ihr gemacht?" sie fragte mit einem strahlenden Lächeln.

"Es tut uns leid?" Er wusste, was sie sagen wollte, war sich aber nicht sicher, wie er reagieren sollte.

ich blockierte

"Ich habe sie noch nie so glücklich gesehen", gab Lydia zu, "jetzt, wo ich darüber nachdenke, habe ich nicht gesehen, dass sie in der Öffentlichkeit etwas anderes gezeigt hat, als eine Schlampe zu sein."

Ich denke, sie dachte, ich würde ihren Kommentar verstehen.

Dass er es nicht als Beleidigung für Virginia ansehen würde.

Ich habe verstanden.

Ich beschloss, die Wahrheit zu sagen.

"Ich denke, das liegt daran, dass ich sie liebe", sagte ich mit ernstem Gesicht.

Lydias Gesicht leuchtete auf.

"Mein Gott, ich denke sie liebt dich auch", sagte er. "Ich hätte nicht gedacht, dass irgendjemand unter diese Hülle geraten würde. Bitte brich ihm nicht das Herz. Ich würde zum Beispiel nicht dabei sein wollen, wenn das passiert wäre."

Ich konnte mein Lachen nicht unterdrücken.

Mir kam das Bild einer wütenden Virginia, die durch die Welt wanderte, und Wellen von Menschen spürten ihre Wut, als sie vorbeiging.

"Was ist so lustig?" Virginia stand mit den Händen in den Hüften hinter uns.

Lydia zuckte die Achseln.

Ich lächelte und warf meinen Kopf zurück.

"Ich rede nur über dich, meine Liebe", sagte ich liebevoll.

Ich sah zu, wie Virginias Grimasse verschwand.

Er gab mir einen Rückwärtskuss und setzte sich auf einen leeren Stuhl.

Lydia schien nicht mehr dort sein zu wollen.

"Darf ich wissen, was gesagt wurde?" Virginia konsultierte ihren Ausdruck "Ich bin der Beste, der eine Antwort bekommt".

Lydia wusste nicht, was sie sagen sollte.

Aber die Wahrheit etwas modifiziert zu sagen, war der Schlüssel, mit all den guten Teilen, aber einigen kleinen Auslassungen.

"Ich habe Lydia gesagt, dass ich dich liebe. Sie hat mir gesagt, dass es besser ist, dein Herz nicht zu brechen." Ich genieße es wirklich, wenn ich recht habe.

Eine Virginia mit nassen Augen umarmte Lydia, als wären sie verlorene Freunde.

Lydias Verwirrung war gelinde gesagt sehr unterhaltsam.

Ihre Beziehung war nie über Sex hinausgegangen.

Soweit ich sehen konnte, bedeutete keine von Virginias früheren Beziehungen etwas für sie.

Bis zu mir waren sie alle Mittel zum Zweck und nichts weiter.

"Das bedeutet nicht, dass Sie in diesem Quartal Ihren Umsatz verlieren können", sagte Virginia unter Tränen, als sie sich die Augen abwischte.

Lydia lächelte, als die bekanntere Business Lady auftauchte.

"Ich würde nicht davon träumen, Sie zu enttäuschen, Mrs. ... Buttingson."

Lydia fing sich und verlor ihr Lächeln.

Seine Augen wanderten zu mir und dann schuldbewusst weg.

Um ihretwillen tat ich so, als hätte ich es nicht bemerkt.

Zum Glück tat Virginia dasselbe.

"Ich freue mich sehr für euch beide." Lydia erholte sich schnell und stand auf. "Ich muss mich um die anderen Kunden kümmern, also genieße den Rest des Abends."

Wir trennten uns anmutig, als er ging und die Tische auf dem Weg überprüfte.

Als sie außer Hörweite war, wandte ich mich an Virginia.

"Ihre Geschichte hinterließ den Eindruck, dass sie eher wie eine Freundin war", sagte ich mit einem Augenzwinkern.

"Ich dachte, es würde dir so besser gefallen", sagte Virginia und lächelte wieder böse.

Er lehnte sich an mein Ohr und flüsterte:

"Ich dachte nicht, dass du etwas über die Streifen hören wolltest, die ich auf ihrem Hintern erzielt habe, oder wie viel sie gelernt hat, sie zu genießen."

Ich fühlte eine Kälte durch mich gehen.

"Wirklich?" Ich stotterte.

Neue Visionen tauchten hinter meinen Augen auf.

"Das Mädchen ist köstlich chaotisch, wenn sie kommt", flüsterte Virginia und kitzelte mein Ohr, "der Anblick, wie sie verwelkt und die Laken bedeckt, war so schön."

Das Leben mit Virginia würde niemals langweilig werden.

Mein Schwanz liebte einfach ihre Stimme.

"Ich bringe dich jetzt nach Hause", informierte ich ihn.

Es war vielleicht ein peinlicher Spaziergang zum Auto, aber das Warten war nicht mehr sehr wünschenswert.

"Ich dachte du würdest nie fragen", flüsterte sie.

"Ich habe nicht", sagte ich ihm mit falschem Mut.

Virginia lachte und ließ mich glauben, ich sei verantwortlich.

# KAPITEL 19

Diese Nacht und die folgenden Nächte und Tage waren die besten meines Lebens.

Wir haben die Grenzen jedes einzelnen gelernt und sie dann erweitert.

Das war eine ganz neue Welt für mich.

Es war ein ganz neues Universum für sie.

Über ihre roten Lippen in meinen Träumen.

Es waren gute Träume.

Es hat mich immer wieder überrascht, wenn mich diese Rubine am Morgen weckten.

Und das Unternehmen war auf der gleichen Überholspur wie mein Herz.

Mein Team war in Bewegung.

Alles, was wir getan haben, roch nach Rosen.

In unseren Träumen sahen wir alle Dollarzeichen.

***

Freitagabend war meine erste Ruhe im Paradies.

Virginia hatte zuvor eine Verlobung.

Eigentlich fühlte ich mich gut dabei.

Ich war mir nicht sicher, ob wir noch viel länger mit dem Tempo mithalten konnten.

Das sagte außerdem, dass der Samstag ganz mein sein würde.

Ich dachte, ich könnte es für eine Nacht dem Rest der Welt leihen.

Also verbrachte ich Freitag Nacht damit, meine Wohnung zu waschen und zu putzen.

Ich musste über die Ironie lachen.

Hier war er in einer festen Beziehung, aber am Freitagabend war er allein.

Mein armer Penis könnte den Rest sowieso ausnutzen.

# KAPITEL 20

Ich kam am Samstagmorgen bei Virginia vorbei.

Unnötig zu sagen, dass er sehr gut gelaunt war.

Wir hatten vor, einen Spaziergang durch den Zoo zu machen und zum Mittag- oder Abendessen auszugehen, je nachdem, was zuerst zu uns kam.

Und ungeplante sexuelle Begegnungen wären selbstverständlich.

Obwohl ich anfing zu denken, dass Virginia tatsächlich die meisten von ihnen plante.

Ich akzeptierte die Illusion, weil sie zu mir passte.

Aber mein Leben war erschüttert, als ich die Tür öffnete.

Virginia war nackt und kniete auf dem kalten Marmor in der Mitte der Eingangshalle.

Seine Hände waren hinter seinem Rücken und Blut floss aus seinem Mund.

Er wiederholte "Es tut mir leid" wie ein Mantra, während er in den Weltraum starrte.

Ich erstarrte für eine Sekunde und dachte, es sei vielleicht ein Trick.

Ich löste mich aus der Trance, rannte zu ihr und rief ihren Namen.

Er hatte überall blaue Flecken und seine Augen sahen mich nicht.

Ich zog sie zu mir, um sie dazu zu bringen, mich zu erkennen.

Sie hyperventilierte ihr Mantra und wusste nicht einmal, dass ich dort war.

Mein Herz brach.

Jemand hatte meinen Porzellanengel zerstört.

Ich hielt es fest, während ich das Telefon aus meiner Tasche zog.

Aber zwei starke Hände packten mein Hemd, hoben mich hoch und warfen mich gegen die Wand.

Der kleine Teil meines Rückens traf die Fliesen und lähmte kurz meine Wirbelsäule.

Mein Telefon flog weg.

Durch die Sterne, die in meinem Kopf erschienen, sah ich eine Art Menschenberg auf mich zukommen.

Ich rappelte mich auf und versuchte, eine Art Verteidigung zu bilden.

Schneller als ich reagieren konnte, legte sich eine große Hand um meinen Hals, drückte mich an die Wand und begann mich hochzuheben.

Die andere Hand traf meinen Bauch.

Ich erstickte in meinem eigenen Erbrochenen.

"Also bist du der Hurensohn, der den Kopf meiner Schwester mit Scheiße gefüllt hat", knurrte er.

Seine Augen ließen keinen Raum für Gnade.

Ich bemühte mich, an seinem Arm zu ziehen, um die Spannung an meinem Hals zu lockern.

"Sie gehört mir, kleiner Käfer. Das war sie schon immer."

Seiner Aussage folgte eine weitere Faust.

Er konnte nicht genug atmen, um zu schreien.

Überleben macht seltsame Dinge mit dem Geist.

Es weckt Erinnerungen an Dinge, an die Sie seit Jahren nicht mehr gedacht haben.

Ich hatte einmal einen Selbstverteidigungskurs, volle vier Stunden in der Armee.

Es war kurz bevor unsere Einheit für kurze Zeit nach Afghanistan entsandt wurde.

"Die Amerikaner kämpfen nicht fair", sagte der Sergeant, "wir verwenden Technologie und Logistik, um unsere Gegner zu töten, bevor sie wissen, dass sie sich in einem Kampf befinden. Aber wie immer werden die Dinge kompliziert und Sie können sich selbst finden." In einem fairen Kampf. Die Taliban haben nicht die Kraft unserer Technologie oder Waffen. Sie sind voll von Hand-zu-Hand-Training. Ich habe nur vier Stunden Zeit, um ihnen beizubringen, wie man einen fairen Kampf überlebt. Leider würde das Jahre dauern, also werde ich es tun lehre zu betrügen. " Ich konnte immer noch seine heisere Stimme hören. "Sie werden alles, was sie finden, als Waffe benutzen. Sein Helm, der an seinem Kinnriemen hängt, ist ein wunderbarer Streitkolben. Stark genug, um Knochen zu brechen. Sein Team trägt eine mit Wasser gefüllte Kantine. Aber was auch immer Sie tun, versuchen Sie nicht, diese Jungs mit Ihren Fäusten zu bedrohen. Sie werden überwunden. Also schlagen Sie sie besser mit dem Kolben Ihres Gewehrs zu Tode. Alles, um sie auf Distanz zu halten. Wenn alles andere fehlschlägt, möchte ich, dass Sie sich daran erinnern: in Augen und Ohren. Fick sie und sie werden sie gehen lassen. Und die Ohren kommen heraus wie Bananenschalen; sie werden sie gehen lassen. "

Alles andere war gescheitert.

Ich starb langsam.

Ich ließ seinen Arm los, tauchte tiefer in den Choke ein und packte dann seine Ohren.

Sein Schrei war lauter als ich erwartet hatte, als ich mit aller Kraft zog.

Der Sergeant hatte recht: Er ließ mich frei.

Ich ließ sein Fleisch fallen, schnappte mir die Wohnzimmerlampe und drehte sie um.

Das Geräusch wurde widerlich, als der Sockel der Lampe in die Seite seines Gesichts sank.

Er fiel auf die Knie und fiel auf den Boden.

Plötzlich herrschte nur noch Stille außer Virginias Mantra.

Ich ließ die Lampe fallen und warf dann mein Frühstück.

Ich kroch keuchend zu meinem Handy.

Alles war gestorben.

Alle meine Träume, zumindest die, die wichtig waren, waren verschwunden.

Ich wählte 911 und kroch zu meiner zerschmetterten Liebe.

Sie konnte mich nicht sehen oder hören.

Alles, was sie war, war zusammengebrochen.

Ich hielt sie so, bis ich von ihr weggezogen wurde und ihr Mantra immer noch hallte.

Und ich habe dann gebrochen.

# KAPITEL 21

Die folgenden Monate waren eine Vorschau auf die Hölle.

Die Boulevardzeitungen griffen die Geschichte auf und die Mainstream-Presse verfolgte sie.

Schmutzige Geschichten fütterten die Zeitungen.

Reichtum, Inzest, Vergewaltigung, Prügel und Virginia verloren nirgendwo.

Sie war das, was ihr Bruder geschaffen hatte.

Nur eine bittere Schale, die durch jahrelange Qualen geschmiedet wurde.

Ich konnte es in der Muschel finden, aber eines Morgens verlor ich es.

Die Welt war schwarz für mich; Es gab keine Farbe mehr.

Ich habe mich voll und ganz dem Unternehmen verschrieben.

Ich wurde ein diktatorischer Chef, der aus Hass geboren wurde und nirgendwo hingehen konnte.

Ich wollte und brauchte andere, um meinen Schmerz zu fühlen.

Ich ging eines Morgens früh, nachdem ich Janeth zu Tränen gerührt hatte.

Ich ging durch die Straßen und fand wenig Erleichterung von meiner Not.

Sowohl der Angestellte als auch der Künstler versuchten, es mir auszureden.

Sie hatten die Geschichten gehört und mein Gesicht erkannt.

Aber das Geld kaufte den Schmerz.

Seine Gier überwand die Vernunft.

Genieß es.

Es war meine 'Peitsche' nach Wahl.

***

Ich bin an diesem Nachmittag selbst als Medium zurückgekommen.

Ich entschuldigte mich unter Tränen bei Janeth.

Und ich entschuldigte mich peinlicher bei den anderen.

Sie alle verstanden es, würden es aber nie ganz verstehen.

Am nächsten Tag kam ich wegen weiterer Schmerzen zurück.

Ich liebte das Gefühl, geschnitzt zu werden.

Ich erinnerte mich an sie und vergaß, was ich an diesem Samstagmorgen gesehen hatte.

Ich habe meinen Hund vermisst.

***

Sie ließen sich in diesem ersten Monat von niemandem sehen.

Ich war niedergeschlagen, als sie sich weigerte, mich das nächste Mal zu sehen.

Ich fügte meinem Tag mehr Schmerz hinzu.

Es würde nicht genug sein.

Es war Lydia, die mich betrunken und auf dem Dach meines Gebäudes fand.

Er würde nicht springen, obwohl das Fallen eine andere Möglichkeit war.

Sie, die einzige Person, die die Hälfte von dem wusste, was mit mir geschah, umarmte mich.

"Niemand wusste es, Richy", sagte er zu meinem betrunkenen Ich.

"Er hat es kaputt gemacht, weil ich nicht da war!" Ich schrie.

Aber ich rührte mich nicht von seiner Umarmung.

Es erinnerte mich an Virginia.

"Gib ihr einfach Zeit. Unsere Virginia wird in kürzester Zeit zurückkehren und uns schicken", überlegte er und umarmte mich fester.

Ich musste darüber lachen.

Dieser erste Tag mit Virginia war ein Fluch gewesen.

Aber ich würde mich von nun an jeden Tag ändern, um diesen Fluch einfach wieder zu leben.

Zumindest verstand Lydia.

***

Wir verbrachten den Nachmittag damit, Virginia-Geschichten auszutauschen.

Auf ihre Weise liebte Lydia Virginia.

Virginia führte zu einem großen Erfolg bei 'The Meet' und enthüllte Lydia Teile von sich, die verborgen geblieben waren.

Virginia hatte immer einen unkontrollierten Kontakt befürchtet.

Lydia war einmal zu weit fortgeschritten und von Virginias Wut betroffen.

Es war meine Massage, die ich von der Kreuzfahrt kopiert hatte und die begann, in ihre Muschel einzubrechen.

Langsamer Start und kontrollierte Laufruhe.

Es schürte ihr unterdrücktes Bedürfnis nach menschlicher Berührung.

Seine Verwirrung, vermischt mit Wut, als ich mit seinem Arsch umging, ergab einen Sinn.

Vieles von dem, was mit Virginia passiert ist, machte im Gespräch mehr Sinn.

"Ich wünschte nur, sie würde mich sie besuchen lassen", sagte ich, als der Alkohol langsam aus meinem System verdunstete.

"Glaubst du, das würde sie aufhalten?" Fragte Lydia fest. "Wenn du ihr sagst, dass sie dich nicht sehen kann, denkst du, das würde sie dazu bringen, ihre Meinung zu ändern?"

Ich lächelte bei dem Gedanken.

Ich hatte mich in Selbstmitleid gewälzt, während die Frau, die ich liebte, sich in ihrer wälzte.

"Fick nein!" Ich antwortete: "Sie würde mich beugen und mich auf Händen und Knien kriechen lassen, um um Vergebung zu bitten."

Lydia nickte mit einem wissenden Lächeln.

Ich gab Lydia einen Kuss auf die Wange.

"Ich werde meinen Hund zurückholen."

# KAPITEL 22

Virginia befand sich in einer privaten Einrichtung außerhalb der Reichweite der Presse.

Es war der beste Ort, den sein Geld kaufen konnte.

Es war eher ein Country Club als eine Nervenklinik.

Ich ging an einem Montag mit einem bis zum Rand geladenen Kindle in den Besucherbereich.

Ich hatte einen Plan und es würde ein paar Tage dauern, ihn umzusetzen.

Er wusste, dass sie stur war und Virginia hieß.

"Bitte informieren Sie Virginia Buttingson, dass Richard Carrington hier ist, um sie zu besuchen."

Er wusste bereits, wie die Krankenschwester antworten würde, aber an einem Ort wie diesem würde die Anfrage aus Virginia kommen.

Ich setzte mich und machte es mir im Wartezimmer bequem.

Und während ich lese.

***

Ich wiederholte die gleiche Operation nach dem Mittagessen, setzte mich und las noch etwas.

Noch zwei Tage wiederholte ich den Vorgang.

Der einzige Vorteil ist, dass ich meine zu lesende Liste nach oben verschieben konnte.

Am vierten Tag köderte ich den Haken etwas mehr.

"Bitte informieren Sie Virginia Buttingson, dass Richard Carrington seit vier Tagen nicht mehr arbeitet."

Die Augenbrauen der Krankenschwester schossen auf meine Bitte hoch.

"Wort für Wort, wenn du so nett wärst."

Ich setzte mich und begann zu lesen.

Ich konnte nicht einmal ein Kapitel beenden.

Carrington, sagte die Krankenschwester.

Sie hatte ein Lächeln im Gesicht.

Ich denke, wir hatten uns in den letzten Tagen verstanden.

"Dr. Hincking möchte, dass Sie ihn in seinem Büro sehen."

Ich stand mit einem ziemlich selbstgefälligen Gesichtsausdruck auf.

Mein Baby machte sich immer noch Sorgen um ihre Investitionen.

Sie konnte nicht vollständig gegangen sein.

"Mr. Carrington ..."

Aber ich habe den Arzt schnell unterbrochen.

"Richard, bitte." Er war immer noch ein bisschen lebhaft.

"Okay, Richard", fuhr der Arzt fort, "Mrs. Buttingson hat zugestimmt, sich mit Ihnen zu treffen, solange ich anwesend bin. Ich glaube, sie möchte, dass ich als Puffer fungiere. Sie sind möglicherweise nicht zufrieden mit dem Ergebnis."

Ich lächelte den Arzt an.

Er hatte keine Ahnung, was Virginia brauchte.

Er brauchte seine Muschel zurück und dieser Idiot versuchte wahrscheinlich, sie für immer zu zerstören.

"Es macht dir nichts aus, wenn ich ein bisschen optimistischer bleibe, oder?"

Er klang wie ein großes Arschloch, aber das würde Virginia sagen.

Sie würde dabei besser aussehen.

Der Arzt verlor die falsche Freundschaft, die er projizieren wollte.

"Ihre Schamlosigkeit ist tiefgreifend, Richard. Ich möchte nicht, dass Sie rückgängig machen, wie weit Sie gekommen sind."

Der Arzt wurde regelmäßig behandelt.

Das würde mit Virginia niemals funktionieren.

Sie brauchte mein Leimmittel, um sie wieder zusammenzusetzen.

"Behalten Sie Ihre Kommentare zu 'heute' bei; machen Sie keine Versprechungen, die nicht eingehalten werden können. Sie braucht Stabilität und solide Wahrheiten, keine Träume."

"Hat sie angegeben, dass sie mir was sagen soll?"

Ich wurde übermütig.

Ich sah die Irritation im Gesicht des Arztes, als er bemerkte, dass er möglicherweise nicht kooperieren würde.

So fühlten sich die Leute, als Virginia ihr ganzes Gewicht herumwarf.

Es war ein bisschen berauschend.

Er konzentrierte sich nur auf sein Ziel und ruinierte alle, die versuchen, ihn zu bremsen.

"Okay. Ich lasse dich jetzt wissen, dass ich dir davon abgeraten habe." Der Arzt war wütend, aber ich war begeistert. "Ich bin der Meinung, dass seine Art von Beziehung ihm nichts nützen wird. Jetzt braucht er eine traditionellere Beziehung." Ich lächelte über seine Unwissenheit. "Nun, ich habe sie so gut ich konnte gewarnt. Ich werde als Vermittlerin fungieren und ihre Meinung Gehör verschaffen. Halten Sie den Besuch herzlich und seien Sie bitte nicht böse auf sie, wenn sie die Dinge nicht so sieht."

"Das ist nicht antagonistisch. Ich verstehe, Doktor."

Ich lächelte bei ihrem Seufzer.

Ich hatte mehr Spaß als ich hätte haben sollen.

Der Arzt war sowieso ein pompöser Arsch.

Er nahm den Hörer ab und forderte seine Sekretärin auf, Virginia hereinzulassen.

Virginia kam herein und ich versuchte nicht zusammenzucken.

Es schien, als hätte es sich verdoppelt.

Sie sagte schwach "Hallo", mit einer zusätzlichen Dosis Schüchternheit.

Ich nickte nur und sah sie langsam, fast wackelig, auf die andere Seite der Couch gehen.

Ein guter Abgrund von vier Lederfüßen trennte uns.

Ich ließ den Idioten das Gespräch führen.

Er verbrachte einige Minuten damit, über Heilung und Neuanfang zu monologisieren.

Es ging durch ein Ohr hinein und durch das andere heraus.

Ich denke, Sie haben beschlossen, einige emotionale Übungen zu machen.

Es war sein Fehler, nicht meiner.

"Nun Virginia, wenn du Richard ansiehst, was siehst du?" er fragte klinisch.

Ich sah Virginia an, die Schwierigkeiten hatte, mich anzusehen.

Seine Schande war offensichtlich; Seine Kraft war ihm genommen worden.

"Angst", sagte er leise, "vielleicht Scham und Verlust."

Sie bedeckte ihre Augen, bevor sie fertig war.

Sogar ihre Lippen hatten ihren Glanz verloren.

"Das ist schwieriger als ich dachte", sagte er und sah auf die Couch.

"So heilen wir, Virginia", tröstete der Arzt sie.

Dann machte er seinen zweiten Fehler.

Das erste war, mich in den Raum zu lassen.

"Was siehst du, wenn du Virginia ansiehst, Richard?"

"Jemand fürs Leben", antwortete ich schnell und deutlich.

Ich sah Virginia direkt an, unerschütterlich in meiner Hingabe.

Sein Kopf schnappte nach meinem Wort.

"Kannst du das klarstellen?" Der Arzt fragte nervös.

"Macht nichts", war er bereit, den Arzt zu betäuben.

Diese 'blöden' Typen sind alle gleich.

Zu viele Wörter, aber nicht genug Gefühl.

Virginia sah mich an.

Ich sah, dass seine Kraft zurückkehrte.

"Ich dachte, wir haben darüber gesprochen, keine Versprechungen zu machen, Mr. Carrington."

Der Arzt wurde immer gereizter.

Ich glaube, er hatte das Gefühl, ihn zu ignorieren.

Und so war es.

"Ist das egal?" Fragte Virginia etwas klarer.

Sein Körper lehnte sich an meinen.

Ich war sein Kleber.

"Nein, ich habe es schon gesagt."

Ich habe meine Augen nie von ihren genommen.

Ich sah ihre Angst verblassen, was mich zum Lächeln brachte.

Sie lächelte mich an.

Es war sein freundliches, einladendes Lächeln.

Wir waren fast da.

"Ich denke ich muss fertig werden ..."

Ich unterbrach den guten Arzt, bevor seine Therapie mein Mädchen lebenslang ruinierte.

"Halte den Mund, halt den Rand, Halt die Klappe!" Ich bestellte mit Gift.

Er trug mein Gesicht "Ich werde dir die Ohren abreißen", als ich mich zu ihm umdrehte.

Überraschenderweise schloss er seinen verdammten Mund.

Ich kehrte mit meinem Lächeln nach Virginia zurück.

Sie war vollständig über die Couch gekrochen und bewegte sich langsam auf mich zu.

Ich bewegte mich nicht auf sie zu.

Warten.

"Ist das egal?" wiederholte er, als er noch näher kam.

Sein Lächeln und seine Augen wurden kräftiger.

Mehr von ihr war zurück.

Es gab nur noch eins zu sagen.

"Ja, Herrin."

Ich habe alles, was ich hatte, in diese beiden Worte gesteckt.

Ich hörte den Arzt nach Luft schnappen.

Virginia sprang vor und in meine Arme.

Seine Augen waren wieder lebendig.

Sie legte ihre Wange neben meine.

"Ich muss dich fesseln, dich zurückhalten", flüsterte sie.

Ich konnte ihr Bedürfnis nach Kontrolle spüren.

Sie hatte in den letzten zwei Monaten so viel verloren.

"Ein paar Meilen weiter gibt es einen Baumarkt."

Ich war verlobt.

Sie war alles wert.

"Es könnte dich verletzen."

Sie schluchzte fast, als sie das sagte.

Er wiegte meinen Kopf in seinen Händen und sah mich mit nassen Augen an.

Ich wurde gequält von dem Bedürfnis, mich selbst vollständig zu kontrollieren und mich selbst zu lieben.

Ich sah nur Liebe.

Ich streckte die Hand aus, zog am Kragen meines Hemdes und riss es fast auf, um meine linke Brust freizulegen.

Ein kunstvolles Tattoo mit der Aufschrift "Virginia" war über meinem Herzen.

Komplizierte Kunst, geboren aus stundenlangem Schmerz.

Ich wollte sie jenseits aller Vernunft und würde akzeptieren, was sie von mir brauchte.

Er begrüßte mich.

Virginia erhob sich anmutig und sah den Arzt mit Verachtung an:

"Ich gehe, Doktor."

Die Schlampe war zurück.

Der Arzt nickte nur weise.

Ich glaube, ich habe ein wenig Angst in seinen Augen gesehen.

Wir haben weniger als fünfzehn Minuten gebraucht, um da rauszukommen.

Das normale Verpacken wurde zugunsten der schnellen Methode "Alles wie man sie fallen lässt" ignoriert.

Als er seinen Koffer schloss, kam ihm etwas in den Sinn und er sah mich mit ernsten Augen an.

"Wäre es okay, wenn wir nie über meine Familie sprechen würden?" Sie fragte mich.

Auch die letzte "kampfempfindliche" Drift hat sich nicht geheilt.

"Ich wünschte, wir hätten nie über sie gesprochen", antwortete ich.

Ich verfluchte den Tag, an dem ich seinen Bruder traf und vermutete, dass auch der Rest seiner Familie stinken würde.

Virginia lächelte und packte die Haare in meinem Hinterkopf und brachte meine Lippen zu ihren.

Ich spürte seine Stärke in dem Kuss und er wanderte direkt zu meiner Leiste.

Sie teilte meine Lippen und zeigte auf ihren Koffer.

Ich lächelte und hob es auf.

"Ich werde dich verletzen, weil ich es brauche. Ich werde es nicht leugnen", sagte Virginia mit einem bösen Lächeln, "und wir müssen aufhören, um einen Lippenstift zu kaufen."

Es war zwei Monate her, seit ich eine Erektion hatte.

Mein Schwanz machte die verlorene Zeit wieder gut.

"Ich liebe es, dass ich dir das antun kann", schnurrte sie, als sie zwischen meine Beine sah.

Die Nacht war exquisit.

# ENDE

www.ingramcontent.com/pod-product-compliance
Lightning Source LLC
LaVergne TN
LVHW041041150826
845672LV00001B/420

*9798230563853*